Deux semaines de rêve

Geneviève sentait des frissons lui parcourir la nuque. Était-ce le son des saxophones des musiciens du groupe Billy Druid's Blue on Blue, ou l'étreinte de Mark qui la mettaient dans cet état? Ou les deux? Elle l'ignorait. Ils avaient dansé jusqu'à ce qu'ils soient couverts de sueur et maintenant qu'ils se laissaient emporter par cette délicieuse ballade, Geneviève se sentait revivre. Elle faisait courir ses mains le long de son dos et elle le sentait trembler de tout son corps pendant qu'il la serrait encore plus fort. Il lui embrassa l'oreille, en s'attardant un peu avant de prendre le lobe dans sa bouche. Il effleura ensuite sa joue du bout des lèvres, puis doucement, très doucement, il glissa vers sa bouche. Elle sentit ses jambes s'affaiblir sous l'effet de ce baiser passionné et elle ne put s'empêcher de se répéter de ne pas s'emporter, qu'il ne s'agissait que d'un amour de vacances.

Deux semaines de rêve

Denise Colby

Traduit de l'anglais
et adapté pour le Québec
par Brigitte Bergevin

Photo de la page couverture: Daniel Ouellette

SMB jeunesse

Pour Denis Bond

Titre original:
Two Weeks in Paradise
Copyright © Denise Colby, 1994
Publié par Scholastic Publications Ltd., Londres

© Les Éditions SMBi inc., 1996, pour la traduction
française
Tous droits réservés

Dépôts légaux: 2ème trimestre 1996
Bibliothèque nationale du Québec
Bibliothèque nationale du Canada

ISBN: 2-921884-97-6
(Édition originale: ISBN 0-590-55616-9)

SMBi tient à remercier Claude Killen, Christine
Lavaill et Sandie Parker de leur précieuse collabora-
tion.

Diffusion: Diffulivre inc.

Imprimé au Canada

LES ÉDITIONS SMBi INC.
1751, rue Richardson, bureau 2511
Montréal (Québec) H3K 1G6
(514) 931-SMBI

1

Presque tous les sièges de l'avion étaient occupés lorsque Geneviève colla son nez contre le hublot, un sourire de contentement illuminant son visage. Du bout des doigts, elle remit de l'ordre dans ses cheveux, puis se tourna vers Marie-Josée.

— Qui l'aurait imaginé? dit-elle. Toi et moi dans l'île de Lacruz aux Antilles! Je n'arrive pas à y croire!

Les événements des deux derniers mois avait surpris autant les filles que leurs parents. Tout d'abord, Geneviève avait trouvé un emploi à temps partiel dans un studio d'enregistrement, et ensuite, la blonde et très jolie Marie-Josée avait obtenu un poste de caissière dans un supermarché. Mais cela n'avait été que le commencement…

L'agent de bord se déplaçait tranquillement dans l'allée et s'assurait que tous les passagers avaient bien bouclé leur ceinture.

— As-tu remarqué qu'il n'y a pas de jeunes de notre âge dans l'avion? chuchota Geneviève.

— Lacruz est un endroit beaucoup trop chic pour des enfants, l'informa Marie-Josée qui s'était renseignée auprès d'une voyagiste, amie de sa mère. On dit que tout y coûte très cher et que seuls les gens riches et célèbres ont les moyens d'y aller: Joan Collins, la princesse Diana... que des célébrités, quoi!

Geneviève poussa un soupir de contentement.

— Qui l'aurait cru? répéta-t-elle.

Plus tôt cette année, les deux filles avaient participé au concours «Deux semaines de rêve» lancé par le magazine *Filles d'aujourd'hui*. À leur grande surprise, elles avaient remporté le premier prix.

— Eh bien, si tout coûte aussi cher que tu le dis à Lacruz, j'espère que nous aurons suffisamment d'argent de poche. Qu'est-ce qu'on fait si on en manque?

Marie-Josée haussa les épaules.

— Nous n'aurons qu'à nous chercher des gars riches qui nous traiteront comme des reines. Je suis certaine que Lacruz est le paradis des hommes célibataires!

Pour appuyer sa déclaration, elle jeta un regard circulaire dans la cabine, espérant y déceler la présence d'hommes jeunes et esseulés. Mais il n'y en avait pas un seul. La plupart des passagers voyageaient en couple; nouveaux mariés... nouveaux retraités... ou tout simplement, nouveaux amoureux.

— Et ces sièges vides à l'arrière? questionna Geneviève. Penses-tu qu'ils sont inoccupés ou que les passagers ont été retardés à cause du trafic?

Marie-Josée consulta sa montre. Il était onze heures quinze.

— Possible, dit-elle, il y a déjà vingt minutes que nous aurions dû décoller.

Au même moment, toutes les têtes se levèrent car un groupe tapageur faisait son entrée. L'agent de bord guidait les nouveaux venus vers la queue de l'avion.

Marie-Josée fit le compte. Dix hommes et deux femmes. Dix jeunes hommes. Dix très beaux jeunes hommes.

— Oh, oui, soupira-t-elle. Voilà qui fera l'affaire.

Même si elles avaient déjà voyagé, elles n'avaient jamais eu l'occasion de prendre l'avion. Au bout de deux heures et demie de vol, Marie-Josée décréta qu'il était tout aussi fatigant de voyager que d'aller à l'école. Et pourtant, elles n'avaient parcouru que la moitié du chemin.

— La bouffe est meilleure qu'à la cafétéria par exemple, dit Geneviève en souriant, la bouche pleine de poulet. Je n'aurais aucun problème à mener ce train de vie-là tous les jours.

— Hé! en parlant d'école, dit Marie-Josée, inquiète tout à coup, je viens d'avoir une pensée horrible. Quelles sont les deux matières que nous détestons le plus au monde?

— L'anglais et la chimie! répondit Geneviève en riant.

— Ouais, l'anglais! Et d'après toi, quelle langue parle-t-on à Lacruz?

— Pas l'anglais? dit Geneviève en sursautant.

— Ouais! répondit Marie-Josée.

Les deux filles poussèrent à l'unisson un cri d'horreur.

— Oh, non! ricana Geneviève. Je veux dire… *oh, no!*… nous allons être incapables de demander quoi que ce soit!

— Nous allons mourir de faim! gémit Marie-Josée.

— Nous allons devoir manger de la panse de brebis farcie ou quelque chose comme ça *tous les jours*!

— Et du pudding!

— Ouach! s'écrièrent-elles en même temps avant d'éclater d'un fou rire incontrôlable.

Un couple plus âgé était assis dans la rangée de devant. Visiblement énervée, la femme se retourna et dit:

— S'il vous plaît, mesdemoiselles.

— Pardon madame! répondit Geneviève.

La femme continua de manger son repas.

Marie-Josée et Geneviève se regardèrent et se couvrirent la bouche d'une main pour ne pas hurler de rire. Geneviève sortit un mouchoir d'une de ses poches, le roula en boule et le mit dans sa bouche. Elle tremblait de tout son corps et ses joues ruisselaient de larmes. Marie-Josée, ayant peine à se contenir, n'osait pas parler car elle craignait d'éclater d'un rire saccadé.

Un agent de bord, qui poussait un chariot dans l'allée, s'arrêta.

— Tout va bien? demanda-t-il à Geneviève. Sentez-vous que vous allez être malade?

Geneviève ne ressentait aucun malaise, si ce n'est que celui de se sentir stupide! Elle ôta le mouchoir de sa bouche et se réprimanda mentalement pour sa conduite enfantine.

— Non, je vais bien, répondit-elle. Merci.

L'agent lui sourit et allait continuer son travail quand Geneviève l'interpella:

— Excusez-moi! Quelle langue parle-t-on à Lacruz?

— L'espagnol, répliqua-t-il. Mais presque tout le monde parle anglais, alors il n'y a pas vraiment de problème.

— Merci, dit Geneviève, visiblement déçue.

Heureusement qu'elles avaient de bonnes notes en anglais.

Marie-Josée n'avait pas suivi la conversation; elle avait été occupée à regarder les jeunes gens assis à l'arrière de l'avion, et ce qu'elle avait vu l'avait laissée bouche bée. Elle se retourna vers Geneviève, un petit sourire aux lèvres.

— As-tu entendu ce qu'a dit l'agent? lui demanda Geneviève.

— Non, répliqua Marie-Josée en s'agrippant à la main de Geneviève. Tu ne le croiras jamais! chuchota-t-elle.

— Quoi?

— Tu sais, les passagers qui sont arrivés en retard et qui se sont assis derrière?

— Ouais?

— C'est seulement que… dit-elle, la gorge serrée.

— C'est seulement que quoi?

Impatiente, Geneviève se retourna pour voir de quoi Marie-Josée parlait. Et elle le vit aussitôt. Il avait les cheveux blonds et les yeux bleus… et c'était Hugo Lemay, le chanteur pop numéro un au Québec!

Marie-Josée se leva à plusieurs reprises pour aller aux toilettes dans l'espoir d'attirer l'attention d'Hugo Lemay. Il resta complètement indifférent à ses sourires et passa la majeure partie du voyage à regarder le film ou à bavarder avec son voisin, un homme à la stature imposante. Cependant, elle avait réussi à attirer les regards de quelques autres membres du groupe qui n'avaient pu s'empêcher de remarquer ses déhanchements.

Geneviève, voulant elle aussi voir la star en chair et en os, se leva à son tour pour aller aux toilettes. Mais lorsqu'elle passa à côté de lui, elle fut trop gênée pour le regarder en face et ne vit de lui que ses cheveux blonds ébouriffés.

Les deux cabinets étaient occupés. Elle attendit patiemment que l'un d'entre eux se libère en regardant les agents de bord s'affairer.

— Salut! lui dit un jeune homme assez petit, gros et mal rasé. Les deux cabines sont occupées? marmonna-t-il en mâchant sa gomme.

— Il semble que oui.

Il s'appuya contre l'une des deux portes et regarda fixement la cabine de l'équipage. Une agente très jolie était occupée à mettre des tasses en place sur son chariot. Il lui adressa un clin d'œil.

— Vacances ou travail? demanda-t-il à Geneviève même s'il en connaissait déjà la réponse.

— Vacances, répondit-elle en souriant. Et toi?

— Travail.

Il attendit qu'elle s'informe de la nature de son travail, mais elle n'en fit rien.

— Je suis avec une équipe de tournage, dit-il spontanément.

— Vraiment? fit-elle sans avoir l'air d'être impressionnée.

— Ouais. Nous allons tourner un vidéo à Lacruz.

Geneviève ne trouva rien à répliquer.

— C'est un vidéo-clip avec Hugo Lemay, ajouta-t-il.

La réaction calme de Geneviève le surprit.

— Oui, j'ai remarqué qu'il était dans l'avion.

— C'est un bon gars, poursuivit-il. Nous avons travaillé ensemble à plusieurs reprises, il ne se prend pas pour un autre, contrairement à certaines vedettes que je connais.

Il regarda l'hôtesse à nouveau.

— Tout va bien, ma jolie? lui demanda-t-il en tassant sa gomme dans sa joue d'un coup de langue.

Elle lui sourit furtivement et continua son travail.

— Pierre, dit-il à Geneviève en lui tendant la main.

— Geneviève.

— Es-tu déjà allée à Lacruz?

— Non. Et toi?

— Ouais. Tu vas adorer ça. C'est un vrai paradis!

Une vieille femme aux cheveux bleu acier sortit d'un des cabinets. Geneviève la laissa passer, puis s'avança.

— En passant, reprit le jeune homme, comme s'il venait de se rappeler quelque chose d'important, comment s'appelle Blondie?

— Marie-Josée, répondit Geneviève en souriant.

Elle entra dans la toilette et mit le verrou sur la porte.

L'avion atterrit vingt minutes plus tard sur l'une des pistes de l'aéroport de Vega. Dès qu'elle mit un pied dehors, Geneviève fut saisie par la chaleur de l'air.

— C'est incroyable! dit Marie-Josée. C'est comme si on se mettait la tête dans un four.

Elles enlevèrent leurs imperméables et descendirent les marches de l'escalier mobile pour aller prendre le minibus.

— Nous n'aurons pas besoin de ces impers, dit Marie-Josée en cherchant à reprendre haleine. J'ai hâte de me déshabiller et de me jeter dans la mer.

Le minibus les transporta jusqu'à l'aérogare où elles devaient prendre possession de leurs valises et franchir le poste de douane. Marie-Josée babillait comme une enfant tout en épiant les moindres faits et gestes de l'entourage d'Hugo Lemay. Installée autour du carrousel, l'équipe était occupée à récupérer des boîtes en métal et des douzaines de pièces d'équipement de cinéma qu'ils empilaient sur trois chariots qu'on leur avait réservés.

— Oh, non! Ils s'en vont! chuchota Marie-Josée, au bord de la panique en voyant l'équipe se diriger vers la sortie. Où sont nos fichues valises? s'exclama-t-elle à bout de patience devant des bagages de toutes formes qui tournaient sur le carrousel.

Dans le hall des arrivées, les représentants de Caribtours — un jeune homme et une jeune femme vêtus d'uniformes rouge et blanc — cochaient leur liste de noms au fur et à mesure que leurs clients franchissaient les portes battantes. Ils invitaient ces derniers à monter dans l'autobus qui les mènerait à leur hôtel.

Marie-Josée et Geneviève s'effondrèrent sur la première banquette à l'arrière du siège du chauffeur.

— Il fait chaud, hein? dit Geneviève en lui souriant largement.

Le chauffeur de race noire lui rendit son

sourire, dévoilant ainsi une série de dents blanches immaculées, mais il ne lui répondit pas.

— Il ne comprend pas, chuchota Marie-Josée tout en gardant un œil sur la porte car elle espérait voir Hugo Lemay monter dans l'autobus. Essaie en anglais. «Hot», c'est comme ça qu'on dit?

— Ça ne servirait à rien, ricana Geneviève. On parle espagnol à Lacruz.

— Non, l'anglais, insista Marie-Josée.

— Non, dit le chauffeur en anglais. Elle a raison. C'est l'espagnol. Et l'anglais. Et oui… il fait très chaud!

L'autobus démarrait à peine lorsque Marie-Josée prit Geneviève par le bras.

— Regarde! s'exclama-t-elle.

Deux membres de l'équipe d'Hugo Lemay entassaient les dernières boîtes en métal dans deux Land Rovers.

— Penses-tu qu'ils seront descendus au même hôtel que nous?

— Bien sûr que non, répondit Geneviève. Nous ne sommes que des touristes de troisième classe. Je te parie qu'ils vont loger dans l'hôtel le plus luxueux de Lacruz.

L'autobus roulait à vive allure sur la principale route de Lacruz. Malgré son importance, la route était presque déserte. Elle était bordée de champs de canne à sucre et d'arbres fruitiers. Disséminées sur les collines verdoyantes, des villas crépies à la chaux étaient couvertes de fleurs d'un rouge et d'un orange flamboyants. De grands palmiers les protégeaient du soleil. Geneviève et Marie-Josée admiraient en silence le paysage au ciel bleu sans nuages. Elles avaient hâte de voir la mer des Antilles.

Le véhicule effectua un virage à droite serré et prit une route étroite et cahoteuse. Des centaines d'oiseaux aux couleurs vives s'envolèrent sur son passage.

— Tu crois que ce sont des perroquets? demanda Geneviève d'une voix perçante.

— Je ne sais pas, répondit Marie-Josée, ébahie. Je crois que ce sont des perruches.

Le chauffeur éclata d'un rire chaleureux tout en manœuvrant son véhicule d'une main de maître, alors qu'il franchissait un bout de route défoncé et que les passagers rebondissaient à en perdre leurs chapeaux.

Puis, Geneviève aperçut un édifice blanc aux dimensions impressionnantes.

— Est-ce que c'est notre hôtel? demanda-t-elle au chauffeur.

— Le Club Maritimo, oui.

— Où est l'océan? demanda Marie-Josée.

— De l'autre côté du club.

Geneviève s'inquiétait déjà.

— Je te parie qu'il y a une autoroute à traverser pour aller à la mer, chuchota-t-elle à Marie-Josée. J'ai déjà vu ce genre d'hôtels dans une émission de télé touristique.

Le chauffeur, toujours souriant, ne lui dit pas le contraire.

Le Club Maritimo était un vaste complexe comprenant deux petits pavillons et une douzaine de villas éparpillées dans les collines. La terrasse donnait sur une piscine, deux courts de tennis et un petit bar, le tout entouré d'arbres et de fleurs…

au-delà de la terrasse, il y avait une plage au sable doré et la mer d'un beau turquoise s'y étendait à perte de vue.

Geneviève avait le souffle coupé par tant de splendeur.

— Incroyable! dit Marie-Josée, les yeux mouillés de larmes. C'est si… beau!

Leurs valises à leurs pieds, elles laissèrent la douce brise leur caresser le visage pendant qu'elles continuaient d'admirer la vue en silence.

Le chauffeur, toujours souriant, passa à côté d'elles en portant les bagages d'un couple âgé.

— *Magnifico*, hein? dit-il.

— *Magnifico*, répondirent Geneviève et Marie-Josée à l'unisson.

Leur chambre était vaste, impeccablement propre et équipée d'un climatiseur en plus d'une salle de bain attenante. Elles se dépêchèrent de défaire leurs valises, déterminées à faire un saut dans la piscine avant d'aller souper au restaurant de l'hôtel.

— D'après toi, qu'est-ce qu'on va manger? demanda Marie-Josée pendant qu'elle accrochait ses vêtements dans la garde-robe spacieuse.

— Je n'en ai aucune idée, répondit Geneviève occupée à sauter sur son lit pour évaluer la fermeté du matelas. Des toasts et des *bines*, probablement.

— Es-tu sérieuse? demanda Marie-Josée en se tournant vers son amie.

— Bien voyons! gloussa-t-elle. À ce rythme-là, c'est sûr que nous mangerons du caviar!

— Ouach! s'écrièrent-elles en même temps avant d'éclater de rire.

Elles mirent plus de temps que prévu à défaire leurs bagages. Elles rangèrent leurs vêtements avec soin, sortirent de leurs valises les maillots de bain et le rouleau de papier hygiénique que la mère de Marie-Josée avait insisté pour qu'elle emporte. Puis, se rendant compte qu'elles n'auraient pas le temps de se baigner avant le souper, elles se douchèrent, s'habillèrent et se maquillèrent rapidement.

Le maître d'hôtel les escorta jusqu'à une table isolée et décorée d'un petit vase de fleurs jaune vif. Il leur remit les menus et la carte des vins.

Geneviève adressa un grand sourire à son amie.

— Chic, non?

Puis, regardant par-dessus l'épaule de Marie-Josée, elle poussa un petit cri aigu.

— Qu'est-ce qu'il y a? lui demanda Marie-Josée.

Curieuse, cette dernière se retourna. Deux hommes venaient d'entrer dans le restaurant et étaient accueillis par le maître d'hôtel comme s'ils avaient été de vieilles connaissances. L'un d'eux était l'homme à la stature imposante de l'avion, l'autre était Hugo Lemay.

2

Geneviève se réveilla paniquée. Elle avait eu du mal à s'endormir la veille, à cause de toute l'excitation que lui avait causé le voyage. Elle était restée étendue sur son lit à écouter le doux déferlement des vagues sur la plage. Elle avait eu hâte que le soleil se lève pour aller courir sur le sable et plonger dans l'eau avec Marie-Josée. Mais le clapotement de la mer avait été assourdi par le bourdonnement agaçant d'un moustique. Elle s'était souvenu d'une vilaine piqûre qu'elle avait déjà reçue et qui avait fait enfler son nez jusqu'à ce qu'il ait l'air d'une balle de tennis. Prévoyante, elle avait ramené le drap sur son visage et l'avait ensuite bloqué sous sa tête. Elle s'était finalement endormie, épuisée. Et maintenant, oubliant momentanément où elle était, elle ouvrait les yeux ressemblant à une momie, les cheveux trempés et collés sur la tête. Elle s'assit droit dans son lit et jeta un regard circulaire sur la chambre. Oui, ça lui revenait, elle était en vacances.

Le lit de Marie-Josée était vide et défait. Geneviève marcha à pas de loup jusqu'à la salle de bain.

— Marie-Josée? Marie-Josée? appela-t-elle doucement.

Elle n'obtint aucune réponse. Le plancher de céramique était mouillé et une serviette pendait sur le bord du bain. Déçue que son amie ne l'ait pas réveillée avant d'aller prendre le petit déjeuner, Geneviève se doucha rapidement, éponge a ses cheveux avec une serviette, enfila un t-shirt vert pâle très ample et un short détonnant, laça ses Reeboks confortablement usés et sortit de la chambre.

Les derniers clients sortaient de table.

— Je crois que le service est terminé, ma chère, lui dit un vieil homme maigrichon qui passait par là.

Geneviève avança entre les tables en évitant de se frapper contre les garçons de table qui débarrassaient et préparaient déjà la salle pour le prochain service. Elle franchit les portes patio qui donnaient sur la piscine. Marie-Josée était là, dans un bikini qui ne laissait pas grand-chose à l'imagination, les yeux plissés en regardant l'eau scintillante.

— Eh bien, je te remercie beaucoup! dit Geneviève en s'assoyant sur l'une des trois chaises libres en bambou qui entouraient la petite table.

— J'aurais dû apporter mes verres fumés, dit Marie-Josée, l'air contrarié. Je n'aurais jamais cru que le soleil brillait à ce point à cette heure.

Geneviève jeta un coup d'œil à sa montre.

— Il est neuf heures et demie, dit-elle. Pourquoi ne m'as-tu pas réveillée?

— On aurait dit que tu étais morte, ricana Marie-Josée. Tu ronflais comme un train qui entre en gare!

Geneviève fronça les sourcils, incertaine.

— Je ne ronfle pas.

Marie-Josée la regarda du coin de l'œil en souriant.

— En es-tu bien sûre?

— Alors, comment c'était, le déjeuner? reprit Geneviève. Je suppose que tu t'es bourrée d'œufs, de bacon et de jus d'orange pendant que je courais comme une folle pour me préparer?

— Je n'avais pas très faim. Je me suis assise à une table et j'ai grignoté une rôtie, mais c'était seulement pour ne pas manquer l'arrivée d'Hugo Lemay et de ses amis.

— Je les ai manqués? demanda Geneviève, déçue.

— J'ai bien peur que oui.

— Est-ce qu'ils t'ont parlé?

— Il y en a un qui m'a fait un clin d'œil. C'était le gros que tu aimes bien, tu sais, celui que je n'oserais pas toucher même avec une perche? répondit Marie-Josée en riant.

— À part Hugo Lemay, aucun d'entre eux ne me plaît! protesta Geneviève.

— Évidemment!

— Et lui, il ne t'a pas fait de clin d'œil, hein?

— Il ne sait même pas que j'existe! répliqua Marie-Josée en soupirant. Mais à bien y penser, je ne suis pas certaine qu'il sache sur quelle planète il vit. Il avait l'air froissé ce matin.

Geneviève était ravie d'entendre cela. Ainsi donc, la célèbre vedette ressemblait au commun des mortels lorsqu'il se levait. Il était toujours si impeccable à la télé ou en photo. Depuis qu'elle l'avait vu manger un avocat vinaigrette la veille, Geneviève était sous son charme.

— Froissé jusqu'à quel point? demanda-t-elle, avide.

— Eh bien… pas si froissé que ça… en tout cas, pas autant que toi et moi le matin quand on se lève. Mais ses cheveux étaient un peu… comment dirais-je?…

Elle chercha ses mots puis tout à coup son visage s'illumina.

— Qu'est-ce que je dis-là? reprit-elle. Il était appétissant! J'aurais pu le consommer pour mon petit déjeuner.

Geneviève éclata d'un rire perçant.

Elle stoppa net lorsqu'un homme séduisant, vêtu d'une veste blanche sans manches et d'un bermuda, arriva avec un plateau à la main.

— Désolé. J'aurais apporté trois tasses si j'avais su.

Il déposa les deux tasses de café sur la table.

— Est-ce que je devrais aller en chercher une autre?

— Je te présente Laurent, dit Marie-Josée. Il vient de Saint-Jérôme. Laurent, voici ma meilleure amie, Geneviève.

— Salut! fit Laurent en souriant. Voudrais-tu un café? Je vais aller en chercher un autre.

— Merci, c'est gentil, répondit Geneviève avec un sourire.

L'homme s'en alla.

Geneviève interrogea Marie-Josée du regard.

— Eh bien, on peut dire que tu ne perds pas de temps, hein?

— Nous n'avons fait que bavarder, répondit Marie-Josée en souriant. Mais il est gentil. J'aime beaucoup tous ces poils qui sortent de l'encolure de sa veste. Et ses jambes velues.

— Je suppose que tu aimes aussi son tatouage, grimaça Geneviève.

— J'adore les tatous.

— C'est vulgaire. Mon cousin en a un sur une omoplate. C'est tellement commun.

— Ah, je commence à comprendre… c'est parce que nous sommes entourées de snobs que tu réagis de cette façon, gloussa Marie-Josée.

— Tu n'as pas *vraiment* un œil sur lui, hein?

— Il est plutôt bien. Et pour l'instant, il fait l'affaire.

— Mais il est vieux, protesta Geneviève. Il est beaucoup trop vieux pour toi.

— Il a vingt-neuf ans.

— C'est ce que je disais!

Elles restèrent silencieuses jusqu'au retour de Laurent.

— Merci, Laurent, lui dit Marie-Josée en le voyant déposer une tasse sur la table. Geneviève était justement en train de me dire qu'elle aimait beaucoup ton tatouage.

Geneviève foudroya Marie-Josée du regard et rougit. Mais lorsqu'elle remarqua l'éclair de malice dans les yeux de son amie, elle décida d'entrer dans son jeu.

— Oh, merci, répondit Laurent le plus sérieusement du monde. J'en ai un autre sur une omoplate, un oiseau.

Les deux filles se regardèrent et éclatèrent de rire.

— Qu'est-ce que j'ai dit?

— Rien, Laurent, répondit Marie-Josée. Ne t'inquiète pas. C'est parce que Geneviève adore les tatouages sur les omoplates, n'est-ce pas, Geneviève?

— Veux-tu le voir? demanda Laurent qui, sans attendre sa réponse, enleva sa veste et montra à Geneviève son dos décoré d'une hirondelle tenant un cœur en son bec.

— C'est adorable! mentit-elle en lui adressant un sourire ironique. Vraiment joli.

Laurent se retourna vers elles, il rayonnait de joie.

— Hé! Je crois que nous allons devenir bons amis, pas vous?

— Oui, je le crois aussi, répondit Marie-Josée en souriant largement. Nous allons avoir beaucoup de plaisir, tous les trois ensemble.

Geneviève retourna dans la chambre pour se changer. Elle mit son maillot de bain et se couvrit d'une blouse blanche diaphane. Elle prit avec elle une serviette, de la crème solaire et un roman d'amour qu'elle n'avait pas encore commencé.

L'ascenseur était bondé et le hall d'entrée rempli de vacanciers à peine vêtus qui portaient sous leurs bras des serviettes roulées et des tapis en raphia. Elle se demanda si la plage ressemblerait à celle d'Old Orchard en plein mois de juillet.

— Salut! dit un jeune homme en avançant vers elle.

Elle le reconnut immédiatement. C'était le garçon qu'elle avait rencontré dans l'avion et qui lui avait demandé comment s'appelait «Blondie».

— Pierre, si tu te souviens bien, continua-t-il en mâchant toujours de la gomme.

Elle se demanda d'ailleurs si c'était la même que la veille… il l'avait peut-être déposée sur son lavabo avant d'aller se coucher, et le matin, une fois ses dents brossées, il l'avait remise dans sa bouche!

— Je me souviens, répondit-elle d'un ton doux.

— Je suis avec l'équipe de tournage d'Hugo Lemay.

— Je sais, oui.

— J'ai été obligé de rester ici pour régler quelques affaires. C'est dommage, car j'espérais beaucoup aller avec eux. Ils tournent à Paradise Beach, à quelques kilomètres d'ici. J'aurais pu me faire bronzer tout en travaillant. Mais non, je dois me poster à côté du téléphone, au cas où Montréal essaierait de nous joindre. C'est plutôt ennuyeux, hein?

— Oui, répondit-elle distraitement, car elle cherchait Marie-Josée des yeux.

— Nous avons loué une chambre ici. Elle nous sert de bureau. Au troisième étage. Et vous, à quel étage êtes-vous?

— Au premier.

— C'est bien?

— Très.

— Vue sur la mer?

— Non.

— Dommage.

— C'est mieux que rien.

— Évidemment, nous ne logeons pas à l'hôtel. Nous avons loué une demi-douzaine de villas dans les collines. Nous pouvons utiliser les installations de l'hôtel comme bon nous semble, mais les villas ont l'avantage de nous procurer plus de liberté, si nous désirons inviter des amis très tard en soirée.

Il lui sourit.

— Tu me suis?

— Je te suis, répondit-elle froidement.

— Tu vas te baigner? demanda-t-il en l'examinant de la tête aux pieds.

— Dis-moi pourquoi je m'habillerais comme
ça si ce n'était pas pour aller me baigner? demanda-t-elle en décidant qu'il était vraiment idiot.

— La plage est très tranquille. La plupart des
vacanciers aiment passer leurs journées autour de
la piscine à claquer des doigts pour se faire servir.
Ouais. C'est vraiment très tranquille là-bas. Il n'y
a rien à y faire.

— J'aime la tranquillité, dit-elle d'un ton mor-
dant. Je vais pouvoir m'étendre et lire mon livre
en paix.

La plage était telle que l'avait imaginée
Geneviève: eau claire venant mourir sur le sable
fin bordé de palmiers. Malgré la brume de chaleur,
Geneviève constata que la plage presque déserte
s'étendait à perte de vue. Elle compta une
douzaine de baigneurs, tout au plus. Elle marcha
au bord de l'eau, savourant la sensation de l'eau
chaude entre ses orteils. Marie-Josée et Laurent
barbotaient derrière elle et se racontaient leurs
vies, inconscients de la beauté qui les entourait.

— Je travaille dans une banque, dit Laurent.
Mais je ne suis pas qu'un simple caissier, ajouta-t-
il aussitôt. Je suis assistant au directeur. Je devrais
obtenir ma propre direction sous peu.

— Tu dois gagner beaucoup d'argent dans ce
cas, répliqua Marie-Josée en glissant son bras sur
sa taille nue. Nous n'aurions jamais pu nous offrir
des vacances comme celles-ci si nous n'avions pas
participé à un concours.

— J'ai vendu ma maison, avoua-t-il spontanément. J'étais marié, mais *elle* est partie avec un
autre homme. Un millionnaire affreux. C'est clair

qu'elle m'a plaqué pour son argent. En tout cas…
je me suis dit: si je vendais? La maison était beaucoup trop grande pour un homme seul. Alors j'ai acheté un petit condominium et j'ai investi la différence. Puis j'ai pensé que je méritais bien des vacances. Après tout, *elle* en a pris. Alors, pourquoi pas moi? Trois semaines au paradis terrestre! Il ne m'en reste plus que deux. Ah! la belle vie!

— As-tu des enfants?

— Non. Je n'avais pas le temps d'en faire. J'étais beaucoup trop occupé à gagner notre croûte.

Geneviève marchait toujours à quelques pas devant eux. Elle aurait aimé ne pas les écouter, mais la petite voix monotone de Laurent fendait le souffle de la brise qui filait à travers les palmiers.

— Geneviève, ne crois-tu pas que nous ayons assez marché? demanda Marie-Josée. Pourquoi ne nous installerions-nous pas ici?

Geneviève n'avait aucunement l'intention de passer la journée entière à les écouter parler d'argent, de maisons et de bébés. Elle était certaine que la conversation allait bientôt dévier sur sa voiture. Il roulait sûrement en BMW.

— Installez-vous, répondit-elle. Moi, je vais marcher encore un peu.

— C'est comme tu veux, dit Marie-Josée, emballée de se retrouver seule à bavarder avec M. Tatouage.

— Tu es sûre que tu ne t'ennuieras pas trop toute seule? demanda Laurent.

— Certaine.

L'idée de se retrouver seule la ravissait. Rien n'aurait été pire que de passer une journée complète en compagnie de ce banquier.

Il l'entoura de ses bras forts, la pressa contre sa poitrine et, quand il plaqua sa bouche sur les lèvres qu'elle lui offrait, il sentit que leur cœurs battaient au même rythme. Puis il murmura: «Oh, ma chérie. Je t'aime tant...»

Geneviève déposa son roman, se retourna pour se coucher sur le dos et laissa le soleil lui caresser le visage. La chaleur des rayons pénétrait sa peau, malgré l'épaisse couche de crème solaire dont elle s'était couverte. Geneviève était au paradis.

Elle resta immobile pendant quelques minutes, étendue sur le sable, sentant son corps s'alourdir... et son esprit faire le vide. Puis elle entendit le rire de Marie-Josée. Elle espéra qu'ils n'avaient pas décidé de venir lui tenir compagnie. Elle s'accouda sur un bras et balaya la plage du regard. Dieu merci, elle n'avait pas à s'inquiéter: au loin, Laurent et Marie-Josée n'étaient plus que deux petits points enlacés. Mais, beaucoup plus près d'elle, elle remarqua un homme étendu sur le ventre; il était mince, ses cheveux étaient bruns et il portait un maillot jaune... il s'assit, avec l'intention évidente de se rallonger sur le ventre... il était beau, sa peau satinée, il était grand... et il la vit le regarder. Il lui décocha un sourire timide, ses dents étaient impeccablement blanches, puis il étira le bras jusque dans son sac et en sortit un baladeur. Il démêla les fils, plaça les écouteurs dans ses oreilles et sourit à nouveau. Elle lui sourit aussi. Puis il se rallongea sur le dos, ferma les yeux et parut dormir.

3

Geneviève remit la clé de la chambre au réceptionniste et essaya de rattraper la blondinette qui dévalait à toute vitesse l'escalier qui menait au stationnement.

— Il y a une urgence? demanda-t-elle, à bout de souffle.

— Je veux m'en aller avant que Laurent arrive.

— Pourquoi? demanda Geneviève, étonnée. Je croyais que tu l'aimais bien.

— C'est vrai, il est super. Mais je ne tiens pas à passer le reste de mes vacances avec lui.

Elles s'écartèrent du chemin pour permettre à l'autobus qui arrivait avec de nouveaux vacanciers de se garer.

— Je veux voir si la plage n'aurait pas quelqu'un d'autre à m'offrir aujourd'hui.

— Il n'y avait pas grand-monde hier.

— Sauf le maillot jaune.

Geneviève esquissa un sourire.

— Maillot-Jaune s'appelle «Pas Touche». Il est à moi.

Geneviève jeta un regard circulaire sur le stationnement, espérant repérer les Land Rovers de l'équipe d'Hugo Lemay.

— Penses-tu qu'ils sont partis? demanda-t-elle, visiblement déçue.

— Qui sait? répondit Marie-Josée en haussant les épaules.

— Bonjour! s'écria Pierre en descendant l'escalier quatre à quatre.

Marie-Josée sourit à Geneviève.

— On dirait bien que non.

— En tout cas, l'idiot, lui, n'est pas parti, chuchota Geneviève.

— La journée sera longue aujourd'hui, dit Pierre, les yeux fixés sur Marie-Josée. Ils sont partis dès le lever du soleil.

Les deux filles continuèrent de marcher.

— Vraiment? dit froidement Marie-Josée.

— Nous n'avons pas encore été présentés comme il se doit, n'est-ce pas? babilla Pierre.

— Nous n'avons pas été présentés, point final… mais je sais qui tu es! s'exclama Marie-Josée en continuant de marcher. Toi, tu es Pierre… et moi, je suis Blondie!

— Et voici son petit ami! dit Geneviève en rigolant, car elle venait de voir la voiture de Laurent arriver.

— Tant pis, dit Marie-Josée en haussant les épaules, résignée. On dirait bien que Maillot-Jaune est tout à toi pour aujourd'hui.

— Ta générosité me renverse! répliqua Geneviève, choquée du fait que Marie-Josée présumait que Maillot-Jaune avait une préférence pour les blondes.

— Alors, vous n'allez pas m'inviter à vous accompagner? demanda l'Idiot sur un ton d'imbécile heureux.

— C'est exact, répondit Geneviève en se dirigeant vers la voiture de Laurent.

Laurent descendit de sa Jeep louée au moment où une limousine avançait à vive allure pour finalement s'immobiliser à côté de Pierre l'Idiot. Pierre souffla un baiser en direction du véhicule, ouvrit ensuite la portière et aida l'occupant à descendre. Une fille belle, grande et mince apparut. Elle était vêtue d'un short incroyablement court et du t-shirt le plus moulant jamais cousu par une couturière. La fille embrassa son admirateur sur les deux joues avant de ramener ses longs cheveux blonds vers l'arrière du bout des doigts. Puis elle exposa son visage pâle à l'ovale parfait au soleil.

— Qui est-ce? réussit à demander Laurent d'une voix entrecoupée.

Ses biceps tressaillaient involontairement.

— Une minette aux cheveux blonds! siffla Marie-Josée.

À l'exemple de Minette, Marie-Josée ramena *ses* cheveux blonds vers l'arrière à l'aide de ses doigts, prit Laurent par le bras, le fit pivoter et l'entraîna vers la sortie du stationnement.

Il appela Geneviève qui était restée figée sur place en voyant la fille sortir de la voiture. Mais elle s'aperçut qu'il regardait en fait Minette et l'Idiot qui gravissaient l'escalier du stationnement, main dans la main.

— Salut, Laurent! répondit Geneviève en souriant. Nous ne t'attendions pas si tôt… n'est-ce pas, Marie-Josée?

«J'ai un aveu à te faire, dit-il en évitant son regard. Je n'étais pas à Paris.

J'ai passé la semaine à Amsterdam.»

«Je sais, répliqua-t-elle, les joues inondées de larmes. Je le savais depuis le début. Janine me l'avait dit. Je ne voulais tout simplement pas le croire. (Elle commença à sangloter.) Comment as-tu pu me faire ça, Robert?»

Un coup de vent soudain recouvrit les mots de sable. Geneviève prit le livre posé sur le sol, le secoua, et marqua sa page avec un morceau de papier chiffonné. Elle reprendrait sa lecture lorsqu'elle aurait l'âme plus romantique. Elle remit le livre sur sa serviette, se leva et avança tranquillement vers la mer. Le sable était brûlant.

Elle regarda les petits poissons argentés qui nageaient courageusement autour d'elle, fourrageant le sable ridé par le va-et-vient des vagues. Elle avança encore un peu, jusqu'à ce que l'eau chaude lui couvre la taille, et elle plongea. Elle nagea sous l'eau, les yeux ouverts, admirant les gros poissons qui semblaient surpris de la voir là.

Elle revint à la surface et sentit immédiatement le soleil matinal lui embraser le visage. Puis, elle vit Maillot-Jaune qui courait comme une gazelle sur la plage. Marie-Josée leva la tête lorsqu'il passa devant Laurent et elle. Maillot-Jaune les ignora. Les blondes ne l'intéressaient donc pas! Était-il à la recherche d'une rousse, comme Geneviève?

Elle sentait que les battements de son cœur s'accéléraient au fur et à mesure qu'il s'approchait. Il sauta par-dessus sa serviette et continua sa course, sans même jeter un coup d'œil dans sa direction. Elle le regarda s'éloigner, le cœur coulant à pic, jusqu'à ce qu'il disparaisse derrière une roche blanche à l'autre bout de la plage.

Elle soupira profondément et décida de sortir de l'eau. Lorsqu'elle arriva au bord de la plage et que le banc de petits poissons l'accueillit à nouveau, elle le vit réapparaître derrière le rocher. Il ne courait plus, mais marchait lentement. Il avança vers la mer, y plongea avec la grâce d'un dauphin effleurant les vagues, et resta sous l'eau pendant de longues minutes.

Geneviève scruta l'horizon, cherchant à y repérer le beau visage. Mais il demeurait introuvable. Puis tout à coup, elle l'aperçut. Il se rapprochait. Il disparut à nouveau avant de revenir à la surface, encore plus près d'elle. Et cette fois, il la vit. Et il sourit. Le cœur de Geneviève cessa presque de battre! Mais malgré cela, elle réussit à lui décocher un sourire.

Elle se demanda si elle devait l'interpeller par un «Salut!» ou un «Bonjour!» ou «Je m'appelle Geneviève. Et toi?», mais elle se ravisa. Elle ferait mieux de jouer les indifférentes. De toute façon elle avait l'impression d'avoir du papier de verre dans la gorge tant sa présence l'énervait, et elle n'aurait réussi à émettre que des sons rauques.

Il nageait sur place maintenant. Il la regardait fixement et lui adressait un sourire invitant. Puis il leva une main, l'agita et s'écria «Salut!». Elle allait le saluer à son tour quand elle se rendit compte qu'il interpellait quelqu'un d'autre sur la plage. Elle suivit son regard et vit deux personnes qui étaient à deux pas de sa serviette et son roman. C'était L'Idiot et Minette qui faisaient de grands signes en s'écriant: «Mark! Mark!»

Mark-Maillot-Jaune lança une dernière œillade en direction de Geneviève, haussa les épaules, sourit encore une fois et nagea vers la plage. Elle le regarda éperdument pendant qu'il s'empressait d'aller rejoindre ses amis. Elle soupira d'un air mélancolique lorsqu'elle le vit prendre Minette dans ses bras et l'embrasser... puis elle grimaça lorsqu'elle entendit Minette s'écrier, d'une voix perçante: «Mark! Mon amour!»

Mark-Maillot-Jaune et Minette quittèrent la plage bras dessus, bras dessous, escortés de Pierre L'Idiot. Geneviève décida alors qu'il était temps qu'elle reprenne la lecture d'*Un Amour étrange*.

Laurent s'était endormi et ronflait. Marie-Josée décida d'aller se baigner. En entrant dans l'eau, elle vit Geneviève qui nageait vers elle.

— Ne me dis pas que tu vas te mouiller! s'écria Geneviève.

Marie-Josée se mit à rire.

— L'eau est chaude, hein?

— As-tu vu Maillot-Jaune? demanda Geneviève alors qu'elle était presque à la hauteur de Marie-Josée.

— As-tu vu avec qui il est parti?

— Oui! grommela Geneviève. La minette blonde! Je n'ai aucune chance.

Marie-Josée enfonça sa tête sous l'eau et en ressortit en crachant.

— Ouach! C'est trop salé.

— Penses-tu qu'ils sortent ensemble?

— Probablement, soupira Marie-Josée. Mais cela ne veut pas dire qu'ils sont unis pour la vie. Et comme dirait ma mère, tout est permis à la guerre comme en amour! De toute façon elle n'est pas la seule blonde du coin.

— Je ne veux pas que *tu* t'approches de lui, l'avertit Geneviève sur un ton à demi sérieux. Tu devrais te contenter de Laurent.

Jetant un coup d'œil sur la plage, elle ajouta:

— En parlant du loup…

Laurent s'avançait lentement vers elles, laissant derrière lui l'empreinte de ses pas.

— À la guerre comme à la guerre! cria-t-il.

— À plus tard! dit Geneviève en se retournant pour aller nager vers le large.

Laurent plongea en piqué à quelques pas de Marie-Josée. La vague qui suivit l'éclaboussa et lui fit perdre l'équilibre. Elle chercha à reprendre pied, puis poussa de petits cris aigus lorsqu'il recommença.

— Arrête!

Laurent la prit dans ses grands bras et la leva au-dessus de sa tête.

— Non, non, non… s'il te plaît, Laurent!

Et, sans la moindre pitié, il la lança dans l'eau.

Elle ressortit d'une vague en riant nerveusement.

— Espèce de salaud!

Puis, elle devint tout à fait muette. Elle avait entendu un cri perçant venant du large. Geneviève criait, elle était beaucoup plus loin qu'elle n'aurait dû.

— Elle a un problème, Laurent! dit Marie-Josée, paniquant.

Laurent nagea immédiatement en direction de Geneviève qui hurlait toujours. Il avança à vive allure sous le regard admiratif de Marie-Josée; son corps puissant glissait sur les vagues comme une torpille.

Geneviève continua de crier, même lorsque

Laurent la rejoignit. Il la saisit par les épaules et la tourna sur le dos pour l'entraîner sans effort jusqu'à la rive. Arrivés près de la plage, il la prit dans dans ses bras et alla la déposer délicatement sur le sable.

— C'est ma jambe! s'écria Geneviève.

Marie-Josée arriva en courant.

— As-tu une crampe?

— Non. J'ai été piquée. Par une méduse, je crois.

Elle gémit.

— Oh, ça fait vraiment mal! Ça fait vraiment, vraiment mal!

Geneviève insista pour rentrer seule à l'hôtel. Son mollet gauche n'était pas enflé, mais sa rougeur était inquiétante. La voyant arriver, le réceptionniste lui adressa un petit sourire affecté, car il avait compris ce qui s'était passé. Il s'empressa vers elle et l'aida à s'asseoir sur l'un des trois canapés disposés autour d'un yucca.

— *Una medusa*, dit-il. Una… *yellyfitch*.

— *Sí*, répondit-elle. Une méduse… et ça fait très mal.

— Oui, dit-il en hochant la tête.

— Est-ce que c'est dangereux? Est-ce que je devrais aller voir un médecin?

— Non, répondit-il en souriant avec sympathie. Ça arrive souvent. La douleur s'atténuera dans quelques heures. Je vais demander à un garçon de vous apporter quelque chose à boire, d'accord?

— Non merci. Je vais commencer par clopiner jusqu'à ma chambre et me débarrasser de tout ce sable.

Le réceptionniste acquiesça poliment et retourna à son bureau chercher la clé de la chambre.

À l'heure du dîner, la douleur avait complètement disparu. Il ne restait plus sur son mollet qu'une épouvantable tache rouge là où l'animal l'avait effleurée. Geneviève était maintenant prête à retourner se baigner. Ses cheveux fraîchement lavés et revitalisés brillaient sous le soleil et les tâches de rousseur qu'elle avait au visage ne paraissaient plus. Geneviève se trouvait plus jolie que jamais. Elle alla s'asseoir près de la piscine, vêtue d'un short et d'un t-shirt. Elle sirota un jus d'orange frais en regardant par-dessus ses lunettes de soleil les quelques couples de nouveaux mariés qui s'ébattaient dans l'eau.

Marie-Josée et Laurent avaient promis de venir dîner avec elle vers une heure, ils voulaient s'assurer qu'elle allait mieux. Mais à deux heures, ses amis n'étant toujours pas arrivés, Geneviève commanda un sandwich. Puis, comprenant qu'elle ne pourrait pas planifier ses vacances selon les caprices de Marie-Josée, elle quitta l'hôtel côté jardin, et emprunta un sentier qui traversait un champ de canne à sucre. Elle avait décidé d'explorer Lacruz.

Seuls le léger bruissement d'ailes et le cri étrange d'un oiseau multicolore vinrent troubler le silence qui régnait. Selon toute vraisemblance, les touristes ne s'aventuraient jamais dans cette partie de l'île et se contentaient de se prélasser au bord de la piscine jour après jour. Certains se permettaient *parfois* l'audace d'aller marcher sur la plage. Qui aurait pu les blâmer de s'abandonner à une telle paresse, avec tout le luxe qui les entourait? Geneviève, elle, avait envie de vivre pleinement. Oui, c'était merveilleux d'être étendue sur une plage à lire un roman d'amour pendant que les vagues venaient mourir à ses pieds... mais, en fermant bien les yeux, toutes les plages du monde se ressemblaient, peu importe le pays où l'on se trouvait.

Le sentier allait en élargissant et aboutissait finalement sur une route de terre battue qui comptait trois embranchements. Geneviève emprunta le chemin à gauche en prenant bien soin de repérer sa direction, sachant pertinemment que si elle se perdait, elle en aurait pour des heures à tourner en rond sans rencontrer âme qui vive.

Elle entendit le véhicule bien avant de voir le nuage de poussière qui lui succédait. Et tout à coup, elle eut peur. Il n'était pas prudent d'être partie ainsi, sans en avertir Marie-Josée. Comment savoir ce que les insulaires pensaient des touristes? Ils n'étaient sûrement pas tous aussi sympathiques que les employés de l'hôtel.

Le nuage de poussière s'épaississait au fur et à mesure que le véhicule approchait. Soudain, la Land Rover dérapa avant de s'immobiliser à côté de Geneviève. Un homme aux cheveux poivre et sel l'interpella.

— Je peux vous déposer quelque part?

Geneviève lui sourit pour le remercier malgré son intention de refuser, lorsqu'elle aperçut un bel homme blond assis sur le siège du passager. Il regardait droit devant lui et l'ignorait complètement.

La gorge nouée par la nervosité, elle réussit quand même à répondre:

— Eh bien, j'avais l'intention d'explorer l'île

en marchant.

— Et cela vous empêcherait de venir dîner avec nous?

Elle venait tout juste de manger. Mais elle ne pouvait pas rater cette chance. D'ailleurs, Marie-Josée le lui reprocherait. Mais en y pensant bien, Marie-Josée le lui reprocherait de toute façon!

— Merci, oui, je dînerais volontiers avec vous.

Le chauffeur bondit de son siège et aida Geneviève à grimper dans le véhicule. Puis, prise en sandwich entre ce bel inconnu et un Hugo Lemay peu souriant, Geneviève sentit la voiture démarrer à vive allure à travers les collines parsemées de villas.

— Philippe Théroux, dit-il. Bien sûr, tu es beaucoup trop jeune pour connaître mon nom, mais tu demanderas à ta mère si elle a déjà entendu parler de moi.

Philippe Théroux riait.

Geneviève mangeait sa salade au thon du bout des lèvres. Le patio de la villa offrait une vue incroyable sur les champs de canne à sucre, une partie de la plage et tout le complexe du Club Maritimo. Geneviève se demanda, en gardant des yeux patients sur la piscine de l'hôtel (qui avait l'air d'une pataugeuse vue de cette terrasse), si elle verrait Marie-Josée et Laurent en train de la chercher. Cette idée l'amusa.

— Vous avez été une vedette de la chanson?

— Photographe. Je le suis toujours, d'ailleurs. Mais j'étais tout de même assez populaire durant les années 70.

— Vous êtes le photographe d'Hugo? demanda-t-elle, espérant ainsi que le chanteur à la mine renfrognée s'immiscerait dans la conversation.

Mais il continua de siroter sa bière sans dire un mot.

— Ouais, j'essaie de prendre quelques clichés entre deux scènes de vidéo. Ce sont des photos destinées aux magazines, mais avec un peu de chance, certaines seront assez bonnes pour paraître sur la couverture de l'album.

Et Hugo parla, pour la première fois.

— Il est bon. C'est un très bon photographe.

Geneviève le regarda avec envie, osant à peine croire qu'il lui avait adressé la parole. Hugo Lemay, la superstar, venait de lui parler! Il l'avait même regardée! *Elle!*

Elle chercha rapidement quelque chose à dire en espérant intérieurement que cette fois, la conversation serait engagée.

— Combien de temps resteras-tu à Lacruz, Hugo?

Un téléphone cellulaire sonna. Hugo s'en empara d'un geste rapide et répondit:

— Ouais… ouais… ouais. Pas mal. Toi? Ouais…

Il regarda le photographe.

— Je vais prendre l'appel à l'intérieur, Philippe.

Et, sans un signe ou un regard à l'intention de Geneviève, il entra dans la villa avec le téléphone.

— Ouais… ouais… ouais… Si tu veux. Ouais… ouais…

Au bout de trente minutes passées en l'agréable compagnie de Philippe Théroux, ce dernier annonça à Geneviève qu'il devait retourner travailler. Il souhaitait prendre quelques photos de paysages et n'avait pas besoin de la participation d'Hugo. Il laisserait Geneviève à l'hôtel en passant.

— Je vais organiser un souper ou quelque chose comme ça, lui dit-il en l'aidant à monter dans la Land Rover. Pour ton amie et toi. Comment s'appelle-t-elle déjà?

— Marie-Josée.

— Je vais organiser un souper pour Marie-Josée et toi. Je ne peux pas te promettre que notre vedette sera là en personne, mais vous allez adorer l'équipe. Tout le monde est très sympathique.

La Land Rover roulait rapidement.

— J'ai rencontré Pierre, il est toujours à l'hôtel.

— Ah, lui! dit Philippe en souriant. Est-ce que j'ai dit qu'ils étaient tous sympathiques? Oui, ils le sont tous, sauf lui. Une vraie teigne!

Geneviève éclata de rire.

Ils avaient atteint la route principale quand Geneviève reconnut la limousine qui venait en sens inverse.

— Dommage, dit Philippe. Tu les as manqués de peu. Ils s'en vont à la villa. C'est Sandra, une future top-modèle. Elle va avoir beaucoup de succès en Europe l'an prochain. Elle tourne le vidéo avec Hugo. J'essaie de convaincre son agent de me laisser l'utiliser pour la couverture de l'album.

Geneviève se retourna pour voir Minette, toujours aussi blonde et toujours aussi belle. Elle était assise sur la banquette arrière et quelqu'un la serrait dans ses bras. C'était Maillot-Jaune, qu'elle rebaptisa aussitôt… Chandail-Jaune!

— Et qui est le gars avec elle? demanda Geneviève d'un air détaché.

— C'est mon assistant. Un jour il sera un très, très grand photographe, souviens-t'en. Il s'appelle Mark. C'est un gars super! Il est Américain et il fait un stage chez nous. Tu l'aimerais beaucoup.

Sûr que je l'aimerais! pensa Geneviève.

Elle lança un dernier regard sur la limousine, au moment où le véhicule négociait un virage serré. Mark-Chandail-Jaune regardait par la lunette arrière et lui souriait.

4

Marie-Josée fit une entrée remarquée dans la salle à manger. Elle faillit même renverser un serveur qui portait deux assiettes de hareng fumé dans ses mains. Essoufflée, elle s'affala sur une chaise devant Geneviève et avala d'un seul trait le jus de pomme que son amie avait pris soin de commander pour elle.

— Je viens de les voir partir, haleta-t-elle, excitée. Toute l'équipe: Hugo Lemay, Minette, Maillot-Jaune… toute la bande, je te dis!

Geneviève était à peine réveillée. Le rêve qu'elle avait fait pendant son sommeil profond l'habitait encore.

Hugo chantait dans un micro sur la plage tandis que Geneviève, les deux pieds dans la mer, avait de l'eau jusqu'à la taille. Elle dirigeait le tour de chant d'Hugo tout en supervisant la console d'enregistrement. Un immense requin s'avança tout à coup vers elle en criant «À la guerre comme à la guerre!». C'est alors que Maillot-Jaune plongea et vint la dégager des mâchoires meurtrières de l'animal.

— Je nous ai commandé des œufs pochés, marmonna-t-elle. Ça te convient?

— As-tu entendu ce que je viens de dire? demanda Marie-Josée, impatiente.

— Oui, tu les as vus partir.

— Alors, pourquoi n'allons-nous pas avec eux? Pourquoi n'irions-nous pas à Paradise Beach pour observer le tournage?

— Tu blagues, n'est-ce pas? demanda Geneviève, choquée.

— Ça ne les dérangera pas, argumenta Marie-Josée. Après tout, tu les connais maintenant, non? Ce n'est pas comme si nous étions de simples admiratrices, hein? Tu as dîné avec lui, hier. Et il nous a invitées à souper.

— Il n'est pas question que je me rende sur le plateau de tournage! dit Geneviève d'un ton ferme. Je refuse de m'imposer!

Marie-Josée commença à bouder.

— Oh, voyons, reprit Geneviève. Nous ne pouvons pas faire ça. Attendons qu'ils nous invitent, d'accord?

— Ce que tu peux être rabat-joie, parfois!

Le serveur arriva avec les œufs pochés et, dès qu'il fut reparti, Marie-Josée poussa sur son assiette.

— Je n'ai pas faim. Je vais retourner dans la chambre me couvrir de crème solaire. On se reverra plus tard.

Et elle sortit rapidement de la salle à manger.

Geneviève n'avait plus très faim non plus. Mais, gênée de laisser les deux assiettes intactes, elle se résigna à manger ses œufs… et la moitié de ceux de Marie-Josée.

À son tour, Geneviève retourna dans la chambre pour se changer et constata que Marie-Josée n'y était plus. Elle alla chercher son amie au bar, à la piscine et même dans le stationnement, mais Marie-Josée demeurait introuvable. Elle tomba sur Laurent dans le hall d'entrée qui, dès qu'il la vit, retrouva sa bonne humeur.

— Le réceptionniste m'avait dit que vous étiez sorties, dit-il. Je n'arrivais pas à croire que vous étiez parties sans moi.

Il fait pitié à voir, se dit Geneviève, et s'il réagit comme ça chaque fois que Marie-Josée file en douce, il n'est pas au bout de ses peines! Marie-Josée trouvait que les hommes dépendants étaient insupportables et cela, même si elle était avait un caractère foncièrement dominateur. Mais invariablement, c'était ce type d'hommes qu'elle attirait.

— *Je* ne t'ai pas abandonné, Laurent, expliqua-t-elle gentiment, mais Marie-Josée boudait et elle est partie.

— Quand? demanda-t-il, au bord de la panique. Hier soir?

— Non, dit-elle en prenant ses mains robustes dans les siennes. Ce matin, après le petit déjeuner. Elle est probablement allée directement à la plage. Allons voir si elle y est.

— Vous êtes-vous disputées? demanda Laurent quand ils arrivèrent à la plage où Marie-Josée n'était pas.

— Une petite divergence d'opinions. Ne t'en fais pas. Tu ne connais pas Marie-Josée comme je la connais. Elle a la tête dure.

— Mais où aurait-elle bien pu aller? dit-il à voix basse, d'un air découragé.

Geneviève haussa les épaules.

— Je crois que nous devrions l'attendre ici, proposa Laurent. Elle viendra, j'en suis sûr.

Il s'assit sur le sable et regarda la mer tristement.

Geneviève sourit devant tant de détermination. Puis elle étendit sa serviette, s'allongea sur le ventre et plongea le nez dans son livre.

Elle entendit ses pas dans le corridor et, le cœur tremblant, elle s'installa devant le feu crépitant en attendant son retour. Elle se demanda comment il réagirait en la voyant. Éprouverait-il les mêmes sentiments? L'attente devenait presque insoutenable.

— Elle ne viendra pas, hein? dit Laurent en consultant sa montre. Il est presque une heure.

Geneviève referma son livre, se leva, puis secoua sa serviette.

— Retournons à l'hôtel, dit-elle sur un ton d'encouragement. Je crois bien que tu ne te calmeras pas avant de l'avoir retrouvée.

— Paradise Beach? répéta le réceptionniste. Ah, *sí. La Playa Paraíso!* Tout le monde veut aller à La Playa Paraíso aujourd'hui.

— Ça ne m'étonne pas, commenta Geneviève dont les soupçons venaient d'être confirmés.

— Ce n'est pas loin, mais beaucoup trop loin pour marcher, continua le réceptionniste. Vous pourriez louer une bicyclette chez le Señor Moreno. C'est lui qui s'occupe du bar Copa près du gymnase.

— Nous n'avons pas besoin de bicyclette,

merci, l'interrompit Laurent. J'ai une voiture.

Le réceptionniste sourit.

— Alors, c'est facile. Prenez la petite route qui mène à San Cristobal et suivez les indications pour Los Molinos. C'est très facile.

— Merci, dit Geneviève.

Elle se tourna vers Laurent.

— Alors, allons-y, *amigo*!

Ils trouvèrent sans problème le petit village de San Cristobal qui comptait tout au plus deux douzaines de maisonnettes blanches et une église beaucoup trop grande pour le nombre de paroissiens. Mais le trajet jusqu'à Los Molinos s'avéra plus ardu car, à tout moment, la route se séparait et il n'y avait aucun panneau indicateur. Ils eurent rapidement l'impression désagréable d'avoir pris le mauvais chemin lorsque la route qu'ils avaient choisie, bordée de citronniers et de goyaviers, devint plus étroite et plus bosselée.

— Tu ne crois pas que nous devrions rebrousser chemin? suggéra Geneviève. Nous avons sûrement pris la mauvaise route.

— Et comment pourrais-je faire ça? demanda Laurent en riant.

— Tu ne pourrais pas faire marche arrière? Honnêtement, Laurent, si nous allons plus loin, je suis convaincue que nous arriverons chez un fermier.

Laurent mit la Jeep en marche arrière et chercha à retrouver ses traces. Le véhicule cahota entre les nids de poule, et les passagers rebondissaient de tous bords tous côtés.

— Attention! s'écria Geneviève. Une crevaison est la dernière chose dont nous avons besoin en ce moment.

— Ne t'inquiète pas, répliqua Laurent, sûr de lui. Ces Jeeps peuvent endurer n'importe quoi.

Un boum épouvantable se fit entendre et Laurent se dit qu'il avait parlé trop vite.

Geneviève soupira.

— Qu'est-ce que tu disais?

— Que j'espérais que la roue de secours est en bon état! répondit-il en sautant de la voiture pour aller chercher le cric.

Une heure s'écoula et Laurent n'avait toujours pas réussi à changer la roue.

— Pourquoi se sentent-ils obligés de serrer les boulons à ce point? maugréa-t-il.

Ils étaient couverts de sueur et avaient extrêmement soif.

— Pour un gars aussi musclé que toi, ça m'étonne que tu ne sois pas plus fort! dit Geneviève pour le taquiner. J'aurais pu remplacer cette roue en deux temps trois mouvements!

Et elle plia les bras pour lui montrer ses biceps... peu développés.

Vexé, le visage de Laurent devint coléreux.

— Ah, oui? Tiens! lui dit-il en lui tendant la clé à molette. Installe-la toi-même, la roue de secours! Tu m'appelleras quand tu auras fini.

Fâché, il alla s'asseoir sur le bord de la route. Il respirait bruyamment pendant qu'il essuyait son front perlé de sueur.

Geneviève s'avança vers lui.

— Je blaguais. Je m'excuse. Je ne sais pas comment remplacer une roue. J'essayais seulement de te faire rire.

— Je travaille dans une banque! dit-il, le regard mauvais. Je ne suis pas mécanicien! Je déteste les autos et c'est pour cette raison que j'en ai loué une apparemment fiable. Je ne voulais pas avoir de problèmes.

— Je m'excuse, répéta-t-elle.

— Ce n'est pas parce que j'ai un beau corps musclé que je suis capable de réparer des voitures!

Elle était sur le point de s'en aller devant tant d'arrogance, lorsqu'elle remarqua son petit sourire.

— Malgré les biceps et les tatouages, je suis un pousseur de crayon, dit-il en souriant largement. Je ne suis pas un dur et je n'ai jamais dit que je l'étais.

Elle sourit à son tour et vint s'écraser à côté de lui.

— J'ai tellement soif, dit-elle, que je donnerais n'importe quoi pour avoir un verre d'eau!

— Moi aussi.

Il regarda les branches qui pendaient au-dessus d'eux, elles étaient couvertes de fruits jaunes.

— Que dirais-tu d'un citron?

Elle leva les yeux sur les fruits et sentit sa boucher saliver.

— En temps normal, l'idée me donnerait la chair de poule. Mais... oh, oui, s'il te plaît! Un citron serait génial!

Ils éclatèrent d'un même rire.

Il se leva et s'étira pour arracher deux gros fruits à leur branche. Il en tendit un à Geneviève.

Elle l'éplucha avec ses dents et se mit à sucer le fruit amer. Les larmes lui montèrent immédiatement aux yeux et elle éprouva des picotements dans la bouche et dans la gorge.

— C'est bon, hein? dit Laurent en grimaçant

pendant que ses joues se contractaient.

— C'est vraiment, vraiment…

— Infect! suggéra Geneviève.

— Infect! confirma Laurent.

Soudain, Geneviève éclata d'un rire incontrôlable.

— Mais qu'est-ce qui m'arrive? dit-elle, l'air hébété. Je suis au bout du monde avec un gars que je ne connais pas, assise sur une route poussiéreuse, en train de sucer un citron!

L'absurdité de la situation le fit rire aussi. Ils rirent bientôt jusqu'aux larmes.

Ils réussirent finalement à se contrôler et ils se regardèrent. Ils avaient le visage rouge, ils suaient, ils avaient soif et la Jeep éclopée les inquiétait tous les deux.

— Viens, dit Geneviève. Je vais t'aider. Ça ne doit pas être si compliqué.

Une demi-heure plus tard, la Jeep était à nouveau chaussée de ses quatre pneus et reculait sur la route cabossée. Geneviève avait eu raison, il n'était pas si difficile de changer une roue.

Ils atteignirent une clairière et Laurent en profita pour faire demi-tour. Cette fois, espéraient-ils, ils choisiraient le chemin qui menait à Los Molinos.

— Pourquoi tenait-elle tant à aller à Paradise Beach, même sans nous? Je sais que le tournage l'intriguait, mais ç'aurait été beaucoup plus drôle si nous y étions allés tous ensemble, non?

Geneviève haussa les épaules.

— Nous ne sommes pas sûrs que c'est là qu'elle est allée. Et même si c'est à Paradise Beach qu'elle se rendait, rien nous dit qu'elle a trouvé la plage. Regarde nous, par exemple! J'espère seulement qu'elle n'est pas prise sur une route à sucer un citron!

— Elle me plaît beaucoup, Geneviève, dit-il sur un ton plus sérieux. Dès l'instant où je lui ai parlé, j'ai senti qu'il y aurait quelque chose entre nous.

— Tu ne la connais pas très bien, Laurent. C'est une fille super, mais ne t'entiche pas trop d'elle. Ça pourrait gâcher tes vacances. Marie-Josée est très indépendante. Elle pourrait aisément te faire du mal.

— Je suis trop vieux pour ça. Je me suis endurci après ce qu'*elle* m'a fait.

— Ta femme?

Il ne répondit pas; il semblait perdu dans ses pensées.

— Je ne dis pas que tu ne dois pas avoir du plaisir avec Marie-Josée. C'est seulement que…

Elle s'arrêta de parler.

— Je m'excuse, Laurent, reprit-elle. Ça ne me regarde pas. J'ai l'air aussi amère qu'un raisin pas encore mûr, hein?

Il sourit.

— Je dirais plus, amère comme un citron.

Ils éclatèrent de rire.

— Regarde! s'écria Geneviève tout à coup.

La route s'élargissait devant eux et paraissait mener au pied d'une colline au sommet de laquelle il y avait trois moulins à vent. Un panneau blanchi par le soleil rassurait les voyageurs en leur indiquant qu'ils étaient dans la bonne direction pour atteindre Los Molinos.

Deux heures plus tard, ils retournèrent à l'hôtel, garèrent la voiture, se ruèrent aux abords de la piscines, commandèrent un pichet d'eau glacée et deux verres de jus d'orange.

— Je ne me souviens pas d'avoir eu aussi soif dans ma vie, dit Geneviève en cherchant à reprendre son souffle avant d'avaler un grand verre d'eau.

— Moi non plus.

Ils n'avaient pas trouvé Marie-Josée... et Paradise Beach ne ressemblait en rien à ce qu'ils avaient imaginé; la plage de l'hôtel était beaucoup plus jolie. Cependant, Paradise Beach se trouvait bel et bien à l'autre bout du monde et on comprenait que l'équipe ait choisi cet endroit pour le tournage. Aucun curieux ne viendrait les y déranger ni gaspiller des kilomètres de pellicule en faisant des saluts devant la caméra.

Quand Laurent et Geneviève étaient finalement arrivés sur les lieux, Hugo Lemay et les autres étaient déjà partis et n'avaient laissé derrière eux que des traces de pneus. Laurent et Geneviève ignoraient si Marie-Josée avait réussi ou non à trouver le plateau de tournage. Quant à Geneviève, cela lui importait peu. La seule chose qui comptait, c'était d'obtenir à boire. Vite. Avant qu'ils ne soient complètement déshydratés.

Geneviève vit la Land Rover apparaître dans l'allée au moment précis où Laurent s'était levé pour aller aux toilettes. Elle lui en fut d'ailleurs reconnaissante. Elle n'aurait pas voulu voir son visage quand Marie-Josée était descendue du véhicule en compagnie d'Hugo Lemay. Elle aurait détesté voir sa réaction alors qu'Hugo retirait la bicyclette louée de Marie-Josée de la banquette arrière. Et il aurait été presque insoutenable de

regarder Laurent… regarder Hugo… tenir Marie-
Josée… pendant qu'il l'embrassait… avant qu'il
ne remonte dans la Land Rover et qu'il ne file à
toute vitesse.

5

Il pleuvait et ni Geneviève ni Marie-Josée ne s'en plaignaient. Leur bronzage était beau et elles avaient toutes les deux manifesté le désir de prendre une journée de congé du soleil. En plus, elles voulaient visiter Santiago, la principale ville de Lacruz. Elles étaient assises dans le hall d'entrée et attendaient en même temps que d'autres clients de l'hôtel l'arrivée imminente de l'autobus qui desservait quotidiennement le centre-ville.

— Il a été vraiment super, dit Marie-Josée en sirotant une boisson gazeuse tout en regardant la pluie tomber sur les hibiscus. Il n'est pas du tout comme je l'avais imaginé.

— Je sais, répliqua Geneviève sur un ton sec. Je l'ai déjà rencontré.

Elle n'avait pas encore eu l'occasion de dire à Marie-Josée ce qu'elle pensait de son comportement de la veille. Laurent était sorti des toilettes au moment où Hugo Lemay repartait. Ravi de voir Marie-Josée saine et sauve, Laurent l'avait écoutée raconter comment elle s'était perdue en allant faire une balade en vélo. Elle ne parla évidemment pas de Paradise Beach ni du tournage. Et Laurent ne lui posa aucune question à ce sujet. Peut-être craignait-il les réponses.

Ils avaient soupé tous les trois ensemble au restaurant de l'hôtel, puis étaient allés au Copa prendre un verre. Geneviève avait décidé d'aller se coucher et de laisser les deux tourtereaux seuls. Elle avait attendu le retour de Marie-Josée jusqu'à une heure du matin, avec la ferme intention de lui dire sa façon de penser. Mais le sommeil avait eu raison d'elle et lorsqu'elle s'était réveillée, aux petites heures du matin et qu'elle avait vu la tête blonde dans le lit à l'autre bout de la pièce, elle avait décidé de ne plus lui en parler. Marie-Josée pouvait faire ce qui lui plaisait, elle s'en fichait, tant et aussi longtemps qu'elle ne touchait pas à Maillot-Jaune.

— Est-ce que Laurent vient en ville avec nous? demanda Geneviève.

Marie-Josée sourit.

— J'ai pensé lui téléphoner à son hôtel, mais il saura bien où nous trouver. Il est clair que nous n'irons pas à la plage aujourd'hui.

L'autobus arriva en faisant crisser ses pneus et, parapluies sous les bras, les vacanciers s'empressèrent d'y monter pour obtenir les meilleures places, près des fenêtres.

Santiago était un mélange étrange de résidences coloniales, de cabanes et d'édifices à bureaux modernes. La principale place de la ville, La Plaza, était un gigantesque marché en plein air et la marchandise qu'on y offrait rivalisait de qualité avec celle des grands magasins. Geneviève et Marie-Josée flânèrent devant les stands, admirèrent des sculptures en bois d'acajou, essayèrent des chapeaux de paille et des sandales. Elles remarquèrent aussi à quel point les bijoux et les parfums étaient abordables. Elles pourraient rapporter de beaux cadeaux à leurs parents.

— Voilà Laurent! dit Geneviève tout à coup.

Marie-Josée la saisit par le bras.

— Où?

Geneviève pointa le doigt vers le stand de poissons où Laurent, le col relevé jusqu'au cou pour se protéger de la pluie, assistait à l'agonie d'un gros crabe bleuâtre.

— Là.

— Viens, dit Marie-Josée en entraînant Geneviève à sa suite pour sortir du marché. Il doit être en train de nous chercher, ajouta-t-elle. Et je ne suis pas d'humeur à l'endurer aujourd'hui.

Geneviève ne fit aucun commentaire.

— Veux-tu boire quelque chose? demanda Marie-Josée en regardant dans un café où quatre jeunes hommes âgés d'une vingtaine d'années buvaient de la bière au comptoir.

— Si tu veux, répondit Geneviève innocemment.

Les garçons s'extasièrent en regardant Marie-Josée tandis que Geneviève commandait deux boissons gazeuses. Le plus ordinaire du groupe vint leur parler pendant qu'elles cherchaient une place pour s'asseoir.

— Claude, annonça-t-il sur un ton guindé. Nous venons de Montréal.

— Ah, oui? fit Marie-Josée.

Le jeune homme blond s'assit à leur table, sur le seul siège disponible. Ses amis se retournèrent, laissant Claude amorcer seul la conversation.

— Et vous, d'où venez-vous? leur demanda-t-il, les yeux rivés sur Marie-Josée.

54

Geneviève ne l'aimait pas. Il était ivre. Et il n'était qu'onze heures du matin.

— Nous habitons ici, mentit-elle en empruntant un accent encore plus snob que celui de Claude. Le Club Maritimo appartient à notre père. Vous connaissez?

— Vraiment? fit Claude, ébahi.

Tout comme le jeune homme, Marie-Josée était restée bouche bée en entendant la déclaration de son amie qu'elle regardait maintenant avec de grands yeux admiratifs.

— Oui, nous sommes sœurs, poursuivit Geneviève en présentant sa main à Claude. Je m'appelle Madeleine et elle, c'est Daisibelle.

Les yeux de Marie-Josée s'agrandirent. Elle n'arrivait pas à croire ce qu'elle entendait et en même temps, elle répétait, horrifiée, le nom de Daisibelle du bout des lèvres.

Elle se demanda pourquoi Geneviève avait choisi un prénom si bizarre. Daisibelle? Pourquoi Daisibelle? Les commissures de ses lèvres se retroussèrent et elle sut qu'elle ne pourrait pas mentir très longtemps.

— En fait, nous sommes nées ici, dit Geneviève, et nous ne sommes même jamais allées à Montréal, n'est-ce pas, Daisibelle?

Marie-Josée esquissa un sourire.

— Non, répondit-elle. Madeleine et moi avons toujours voulu aller à Montréal. Il paraît que c'est une très belle ville. N'est-ce pas, Madeleine?

Geneviève sentait qu'elle était sur le point d'éclater de rire.

— Oui, Daisibelle. Nous avons entendu dire que le stade olympique est magnifique.

Elle réussit à réprimer son envie de rire tout en

regardant Claude dans les yeux. Il n'en revenait tout simplement pas.

— Alors, qu'est-ce que vous faites dans la vie? demanda Claude avant de les renseigner sur un ton pompeux: Nous, nous sommes courtiers en immobilier.

— Qu'est-ce que nous faisons dans la vie? ricana Geneviève, dont les voyelles ne cessaient de s'allonger, comme si c'était la reine d'Angleterre qui parlait.

Marie-Josée décida de jouer le jeu.

— Nous ne faisons absolument rien, dit-elle en souriant. Nous sommes riches!

— Un jour, Daisibelle et moi hériterons de plus de la moitié de Lacruz, ajouta Geneviève. N'est-ce pas, Daisibelle?

Le visage de Claude changea subitement d'expression. Son regard s'endurcit tandis qu'il se mit à les considérer de haut.

— Vous me prenez vraiment pour un imbécile avec vos sornettes!

Il se leva et alla rejoindre ses amis au bar.

Geneviève regarda Marie-Josée.

— Sûrement qu'il ne nous a pas crues dès le début.

— Ça ne me surprendrait pas, répliqua Marie-Josée d'une voix perçante. Daisibelle? Où es-tu allée pêcher un nom pareil?

Les deux filles se penchèrent sur leur boisson gazeuse en riant.

— Vous allez me dire ce qui est si drôle, n'est-ce pas? dit une voix.

Geneviève leva la tête pour constater que Philippe Théroux, le photographe, se trouvait devant elles.

— Oh! bonjour! bredouilla Geneviève. Qu'est-ce que vous faites ici?

— Ce n'est pas la journée idéale pour faire des photos aujourd'hui, non? Alors, nous avons pensé venir faire un tour à Santiago.

Nous? pensa Geneviève. Elle regarda autour d'elle et ne vit que Claude qui avait l'air mécontent. Ses amis et lui s'en allèrent sans même les regarder.

Les places laissées libres au bar furent immédiatement prises d'assaut par l'équipe d'Hugo Lemay, et par la star elle-même. Geneviève fixa les yeux sur Mark-Maillot-Jaune, qui, les bras passés autour de Minette, la regardait aussi et lui souriait.

— En passant, Philippe, je vous présente Marie-Josée, dit Geneviève qui revenait de sa surprise. Marie-Josée, je te présente Philippe. Il est photographe.

— Nous nous sommes déjà rencontrés, répliqua Philippe. Marie-Josée est venue à la maison avec Hugo hier. Elle est venue dîner.

— Ah, oui?

Marie-Josée regarda Geneviève avec des yeux innocents.

— Je croyais te l'avoir dit.

— Quelque chose à boire, les filles? interrompit Philippe. Qu'est-ce que je peux vous offrir?

Marie-Josée n'était pas contente. Geneviève venait presque de l'obliger à sortir du bar avant qu'elle ne réussisse à obtenir un rendez-vous avec Hugo Lemay.

— Je ne veux pas passer toute la journée dans un bar, jeta Geneviève d'un ton cassant. J'ai envie de voir la ville et l'autobus retourne à l'hôtel à trois heures.

— Si tu m'avais laissée bavarder, protesta Marie-Josée, j'aurais pu les convaincre de nous ramener en Land Rover.

Elles passèrent devant les stands de fruits et légumes qui regorgeaient de bananes, d'okras et de noix de coco.

— Nous avons bien fait de partir, dit Geneviève. Il ne faudrait pas avoir l'air trop empressées. Ces vedettes ont l'habitude des filles qui se jettent à leurs pieds!

— Mais je *suis* pressée! dit Marie-Josée dont le ton de voix commençait à monter. Et je ne suis par une de ses admiratrices! Je n'aime même pas sa musique. Mais *lui*, je l'aime!

— Alors, pourquoi es-tu allée les inviter au barbecue sur la plage ce soir? demanda Geneviève d'un ton sec. C'est un *party* privé tu le sais. C'est pour les clients de l'hôtel seulement.

— Et leurs amis! cita Marie-Josée en pensant au carton d'invitation que leur avait remis le réceptionniste le matin même. De toute façon, je suis certaine que si Maillot-Jaune se pointe le bout du nez, tu n'oseras pas t'en plaindre.

— À moins qu'il ne s'amène avec Minette. Belle soirée en perspective!

— Marie-Josée! Geneviève! les interpella Laurent en traversant le marché à grandes enjambées.

— Oh, non! dit Marie-Josée à voix basse.

Geneviève salua Laurent avec entrain.

— *Hola*, Laurent! Nous avions bien pensé que nous te verrions ici aujourd'hui. Puis, se tournant vers Marie-Josée, elle lui ordonna: Sois gentille avec lui! Il ne t'a fait aucun mal. Ne sois pas méchante, Marie-Josée. Il ne le mérite pas.

Laurent contournait un stand de bijoux en coquillages et avançait rapidement vers elles.

— Ne parle pas du barbecue! dit Marie-Josée d'une voix plaintive. S'ils viennent tous les deux, je ne sais pas ce que je ferai!

Laurent arriva en haletant. Il prit Marie-Josée par le cou et l'embrassa.

— Je suis allé à l'hôtel, mais on m'a dit que vous étiez déjà parties en ville en autobus.

— Ce n'est pas une journée idéale pour aller se baigner, hein? dit Marie-Josée en souriant.

— Je peux te ramener en Jeep, si tu veux. Geneviève et toi, évidemment.

— Merci, Laurent, répondit Marie-Josée, mais je veux rentrer en autobus. J'aimerais expérimenter la vie des insulaires. Ça aussi, ça fait partie des vacances, non?

Geneviève la regarda, surprise du culot de sa copine.

— Alors, qu'est-ce qu'on fait ce soir? demanda Laurent.

Geneviève se demanda comment Marie-Josée se tirerait d'affaire.

— Oh, Laurent! dit Marie-Josée en prenant un air désolé. Je ne te l'ai pas dit? L'hôtel organise un barbecue sur la plage et seuls les clients de l'hôtel sont invités. Désolée.

— Ah, fit Laurent tristement.

— Navrée!

— Ça veut dire que nous ne nous verrons pas?

— Nous nous verrons demain, répondit Marie-Josée sur un ton joyeux. Mais pas ce soir, Laurent. Ça ne te dérange pas trop?

Le Maritimo s'était surpassé en offrant à sa clientèle ce barbecue sur la plage. Peu fréquentée d'ordinaire, la plage grouillait d'activité. Geneviève espérait que l'ambiance qui y régnait n'aurait pas pour effet d'encourager les clients à venir s'y faire bronzer plutôt qu'autour de la piscine. Elle était déjà habituée à se perdre dans la lecture d'*Un Amour étrange* sans être constamment dérangée par une horde de vacanciers.

Le soleil se couchait et le ciel était presque écarlate; c'était une toile de fond parfaite pour le lever de la lune qu'on apercevait déjà. Une odeur de cuisine créole se répandait dans l'air: sardines et fruits de mer. Un groupe de quatre musiciens jouait des airs à la mode. Geneviève mangea de la soupe à la citrouille, des crevettes accompagnées de cassava et de pain aux fruits, ainsi qu'une salade de mangue et de papaye. Le tout arrosé d'un punch au rhum et aux fruits très alcoolisé.

— Ça, c'est la belle vie! dit Marie-Josée en soupirant en même temps qu'elle grignotait un morceau de noix de coco. La seule chose qui manque pour que la soirée soit parfaite, c'est Hugo Lemay.

— Il ne viendra pas, dit Geneviève.

Mais elle s'était trompée.

Il arriva dix minutes plus tard.

Et il arriva en compagnie de Philippe Théroux, Mark-Maillot-Jaune… et Minette!

— Je le savais! dit Geneviève. *Tu* vas t'amuser. Mais le mien a amené sa petite amie avec lui!

La bande salua les filles et alla se servir à manger. Hugo Lemay vint ensuite retrouver Marie-Josée pour l'emmener s'asseoir sous un palmier et lui murmurer des petits riens. Geneviève regardait avec envie son amie dans les bras de la vedette. Philippe et Mark étaient en pleine conversation avec Minette qui, ce soir, aurait d'ailleurs pu être surnommée Minette-À-La-Blouse-Transparente-Nouée-Pour-Montrer-Son-Ventre-Bronzé.

Geneviève s'écarta de la foule, un deuxième verre de punch à la main. Elle marcha sur la plage et regarda l'énorme soleil rouge disparaître derrière l'horizon. Le ciel fut soudainement voûté d'étoiles et les cigales se turent pour la nuit. Le clapotis des vagues commença à couvrir le son de la musique et les conversations animées des fêtards.

Elle s'assit sur le sable à quelques mètres de l'eau et regarda la lune s'y refléter. Elle pensa qu'il lui faudrait bientôt quitter ce paradis pour retourner chez elle. Elle pensa à ses études, à ses parents… à son nouveau travail.

— Salut!

La voix la fit sursauter.

Elle leva les yeux et vit le beau visage de Mark-Maillot-Jaune qui lui souriait. Sa présence la surprit, et elle réussit finalement à le saluer d'une voix peu assurée.

— Je peux m'asseoir? demanda-t-il en anglais.

Son accent était américain.

— Bien sûr.

Il prit place à côté d'elle, les jambes allongées vers la mer. La brise venait gonfler les manches de sa chemise.

— Mark, dit-il.

— Geneviève.

Ses lèvres au contour parfait sourirent.

— Salut, Geneviève.

— Salut, Mark, répondit-elle en souriant à son tour.

— Ça fait un petit moment que je t'observe, dit-il. Je suis content d'avoir finalement la chance de te parler.

— Tu es Américain? dit-elle en se reprochant aussitôt d'avoir fait une remarque aussi banale.

— Rien de moins! dit-il en riant. Los Angeles. Y es-tu déjà allée?

— Non, mais j'aimerais bien.

— Allons-y *tout de suite*!

— D'accord, répondit-elle sur un ton enjoué.

Il la prit par la main, se leva et la tira sur ses pieds, l'entraînant plus près des vagues.

— Qu'est-ce que tu fais?

— Allons nager… vers la Californie, répondit-il avec un sourire.

— Tu dis n'importe quoi!

Elle se rassit et il se planta droit devant elle, la tête appuyée sur une main, le regard perdu dans ses yeux.

— Alors… tu es en vacances.

— Et tu travailles. Je sais tout à ton sujet. Philippe m'a tout raconté. Tu es photographe.

— Tu sais tout de moi, vraiment? insista-t-il en s'esclaffant. Alors tu sais sûrement que je m'appelle Mark Adams… que j'ai dix-neuf ans… que je suis né à Los Angeles… que mon père est cinéaste (et qu'il travaille) et que ma mère est actrice (et qu'elle est au chômage)… que je travaille avec Philippe Théroux et qu'on vient de m'offrir un super contrat à L.A. que j'ai accepté. Évidemment, tu connais aussi mon signe astrologique (scorpion), mon goût pour la musique rock et mon amour pour ma femme et mes deux enfants.

Cette dernière phrase la pertuba. Elle le regarda fixement tout en tentant de dissimuler sa déception.

— Eh bien, je te remercie de m'avoir raconté ta vie, dit-elle d'une voix douce.

— Et tout ce que je t'en ai dit est vrai. Sauf pour ce qui est de ma femme et de mes deux enfants. Je suis célibataire et disponible.

Il prit ses mains dans les siennes.

— Et Min…?

Elle s'était arrêtée à temps.

— Que fais-tu de la blonde? reprit-elle. Vous ne sortez pas ensemble?

— Sandra? suggéra-t-il en souriant. Non. Jamais de la vie! Elle n'est pas mon genre.

Geneviève soupira… et espéra de tout son cœur que Mark ne l'avait pas entendue. Elle ne voulait pas qu'il sache à quel point il lui plaisait.

6

— Tu es vraiment stupide, tu le sais, ça? dit
Marie-Josée.

Geneviève balaya la page de son livre avant de
la tourner. La présence de Marie-Josée l'em-
pêchait de se concentrer et elle commençait à être
agacée. C'était la première fois que Marie-Josée
prenait un bain de soleil à côté d'elle depuis
qu'elles étaient arrivées dans cette île de rêve.
Marie-Josée bombardait Geneviève de propos
plus insignifiants les uns que les autres.

— Tu aurais dû accepter son invitation, poursuivit-elle. Surtout que tu l'aimes bien et que lui
aussi, il t'aime bien. Alors, pourquoi as-tu refusé
de le suivre?

Elle soupira et se retourna sur le dos.

— Je ne te comprends pas des fois, Geneviève.
Vraiment pas.

Marie-Josée n'avait pas cessé de babiller au
sujet d'Hugo Lemay pendant qu'elles prenaient
leur petit déjeuner.

— Il est si prévenant, avait-elle dit après lui
avoir raconté les menus détails de sa soirée. Il sait
comment parler à une fille et lui donner l'impres-

sion qu'elle est ce qu'il y a de plus important au monde.

Geneviève avait pris une deuxième rôtie qu'elle avait tartinée de gelée d'abricot.

— Et je crois qu'il est tombé amoureux de moi, avait ajouté Marie-Josée. Je peux te dire que ça ne prendrait pas grand-chose pour que je tombe réellement amoureuse de lui.

— Ne sois pas ridicule, avait marmonné Geneviève entre deux bouchées. Tu ne le connais même pas. Il réserve probablement le même traitement à toutes ses partenaires de rencontre.

— Je ne suis pas qu'une simple partenaire de rencontre! avait répondu Marie-Josée en montant d'un ton. C'est vraiment vrai qu'il m'aime bien. Et je l'aime bien aussi. Nous avons plein de choses à nous raconter.

— Je te parie qu'il ne t'a posé aucune question à ton sujet, siffla Geneviève. Je te parie qu'il ne sait même pas où tu habites.

Marie-Josée s'était levée.

— Je vais aller chercher mon sac de plage, avait-elle dit. On se retrouvera dans le hall d'entrée.

Geneviève l'avait regardée s'éloigner, un peu honteuse d'avoir si mal réagi aux propos enthousiastes de Marie-Josée. Elle avait été sûre que son amie avait vu de l'envie dans sa réaction. Elle savait qu'elle aurait dû faire des oh et des ah pour encourager Marie-Josée dans sa conviction qu'elle était sur le point de vivre un grand amour. Mais Geneviève était persuadée qu'Hugo Lemay utilisait Marie-Josée. Elle n'avait été pour lui qu'une fille de passage et, aussi vrai que le jour suivait la nuit, Marie-Josée ressortirait blessée de toute cette aventure.

Elle avait pris une dernière gorgée de café, avait déposé sa serviette de table sur les miettes de pain pour les cacher et avait quitté la salle à manger. Elle avait eu l'intention d'aller retrouver Marie-Josée pour s'excuser, la prendre dans ses bras… et régler leur différend. Elle s'était arrêtée lorsqu'elle avait vu Marie-Josée dans le hall, en train de parler avec Laurent qui avait une figure d'enterrement.

— Écoute… je ne t'appartiens pas à ce que je sache, avait-elle dit. Nous nous sommes bien amusés, mais ça s'arrête là. Je suis désolée.

Il avait l'air d'être sur le point d'éclater en sanglots.

— Mais qu'est-ce que j'ai fait de mal? avait-il demandé.

Elle avait soupiré.

— Tu n'as rien fait de mal, Laurent. Mais je vois quelqu'un d'autre maintenant. Je suis vraiment navrée.

Elle lui avait décoché un sourire sympathisant, avait tourné les talons et s'était dirigée vers l'escalier.

— Marie-Josée! s'était-il écrié, désespéré.

Elle avait continué de gravir l'escalier quatre à quatre, sans se retourner.

Geneviève s'était avancée vers Laurent.

— Hé, Laurent? Comment ça va?

Il avait eu peine à parler.

— Elle m'a laissé tomber. Elle dit qu'elle voit quelqu'un d'autre.

— Oh, je suis désolée.

— Est-ce que c'est vrai? avait-il demandé sur un ton pathétique. Quand est-ce que c'est arrivé?

Geneviève avait haussé les épaules.

— Hier soir, je crois.

— Au barbecue?

— Oui.

— Qui est-ce? Un client de l'hôtel?

Geneviève avait baissé la tête, trop embarrassée pour lui expliquer les détails.

— Dis-moi que ce n'est pas le petit imbécile qui travaille pour Hugo Lemay.

— Non, avait chuchoté Geneviève. Ce n'est pas Pierre.

— Alors qui?

— Je ne sais pas, Laurent, avait-elle menti. Mais, écoute… — elle l'avait pris doucement par la main — …tu sais ce que sont les amours de vacances. Ça ne peut jamais être plus qu'un amour de vacances. Quelques jours d'accolades sur une plage… et puis…

— C'était plus que ça à mes yeux. Elle me plaît beaucoup, Geneviève. Je ne voudrais pas la perdre.

— Je suis désolée, Laurent, avait répliqué Geneviève en soupirant. Qu'est-ce que je pourrais te dire de plus?

Elle avait voulu s'en aller. Si elle s'était attardée, il aurait pleuré… et elle n'avait eu aucune envie de le consoler. En tout cas, pas si tôt après le petit déjeuner!

— Est-ce que je pourrais aller à la plage avec vous? Peut-être que je pourrais la convaincre…

— Je ne suis pas certaine que ce soit une bonne idée, Laurent, avait-elle répondu sur un ton prévenant.

Puis, pour lui donner un mince espoir, elle avait ajouté:

— Viens la voir ce soir, d'accord? Qui sait? Elle aura peut-être changé d'idée d'ici là.

— Je veux dire, continuait Marie-Josée, ça aurait pu se transformer en quelque chose de très sympa! Tout ce que tu avais à faire, c'était de venir à la villa avec nous. Tu aurais bu quelques verres et c'est tout. Je suis certaine que si tu avais dit que tu voulais rentrer, Mark t'aurait ramenée. Le simple fait d'aller à la villa avec lui... eh bien, cela n'aurait pas forcément voulu dire que tu acceptais qu'il se passe quelque chose de plus.

Geneviève referma son livre et le déposa sur le sable.

— Je vais me baigner.

Elle nageait sur le dos en se demandant comment elle allait expliquer à Marie-Josée qu'elle désirait être seule ce soir-là.

Après que Laurent eut quitté l'hôtel en larmes, le réceptionniste était venu la chercher parce qu'un certain M. Adams l'attendait au bout du fil.

Elle avait pris le combiné d'une main tremblante.

— Geneviève?

— Salut, Mark, avait-elle dit, la gorge nouée.

— Qu'est-ce que tu fais ce soir? Es-tu disponible?

— Marie-Josée et moi n'en avons pas encore discuté. Pourquoi?

— J'ai pensé que tu aimerais aller au Fantasma. C'est le meilleur bar de Santiago.

— Nous serions ravies! avait-elle répondu, excitée.

— Non. Pas *nous*! l'avait-t-il corrigée aussitôt. Je n'ai pas invité Marie-Josée. Je n'aime pas trop les ménages à trois, avait-il ajouté en riant.

Seulement toi. Toi et moi. Qu'est-ce que tu en penses?

— *Je* serais ravie.

— C'est le genre de bar où on arrive tard. Ça te convient si je passe te prendre vers dix heures?

— Ce sera parfait!

Elle pataugea jusqu'à la plage et alla se faire sécher au soleil. Comment annoncerait-elle à Marie-Josée qu'elle avait un rendez-vous? Qu'elle sortait avec Mark… sans elle!

Marie-Josée se retourna de nouveau sur le ventre.

— Plus j'y pense, Geneviève, plus je trouve que tu as été stupide. Tu n'as pas arrêté de te languir pour Mark-Maillot-Jaune depuis que nous sommes arrivées. Et dès qu'il t'invite à sa villa, tu te mets à jouer les saintes nitouches. Tu es vraiment bête.

— Mêle-toi de tes affaires pour une fois, ça fera changement! lâcha Geneviève tout à coup.

Marie-Josée était en état de choc. Elle s'assit toute droite et dévisagea son amie.

— Oh, je m'excuse d'avoir osé te parler franchement!

— Tu n'arrêtes pas de me dire que je suis stupide, Marie-Josée. Tu n'arrêtes pas d'essayer de m'imposer ta façon de faire. J'en ai assez! Je suis assez grande pour savoir comment agir, je te remercie, et je n'ai pas besoin que quelqu'un comme toi me dicte ma conduite.

Marie-Josée était furieuse.

— Qu'est-ce que tu veux dire par «quelqu'un comme toi»? Qu'est-ce que tu veux insinuer?

— Laurent a le cœur brisé à cause de toi et

pendant ce temps-là, tu te jettes dans les bras d'une vedette qui court après tout ce qui bouge! Alors, tu es mal placée pour me faire la leçon!

Geneviève regretta ses mots durs dès qu'elle vit le visage de Marie-Josée changer d'expression.

— Je m'excuse, Marie-Josée. Ne pleure pas. Je ne voulais pas te blesser, crois-moi.

— C'est seulement que j'aimerais vraiment que tu trouves quelqu'un avec qui sortir, expliqua Marie-Josée en reniflant. Je déteste penser que tu es toute seule pendant que je m'amuse. Je sais à quel point tu espères rencontrer quelqu'un.

Geneviève recommença à bouillir.

— Tu sauras que je ne suis pas désespérée. À t'entendre, on pourrait croire que je suis sur une tablette à l'âge de seize ans et que personne ne veut de moi!

— Ce n'est pas ce que je voulais dire, insista Marie-Josée en essuyant ses larmes du revers de sa main. C'est seulement que…

— En fait, ajouta Geneviève, j'ai un rendez-vous ce soir. Mark m'amène danser!

Interloquée, Marie-Josée regarda fixement son amie, s'allongea sur sa serviette, ferma les yeux et fit semblant de dormir.

Mark arriva à dix heures pile et Geneviève courut l'accueillir dans le stationnement.

— Je suis venu en taxi. Les Land Rovers n'é-taient pas disponibles ce soir.

— J'ai bien peur que nous ayons un léger problème, commença Geneviève.

— Marie-Josée?

— Je ne pouvais pas la laisser toute seule, Mark. Est-ce que ça te dérange si elle vient? Elle a promis de ne pas rester avec nous toute la soirée.

Il haussa les épaules.

— Je n'ai pas vraiment le choix, maintenant que tu l'as invitée, hein?

Marie-Josée arriva, toute de blanc vêtue. Elle s'était habillée ainsi en espérant que le bar serait équipé d'un éclairage ultraviolet qui mettrait son bronzage en évidence.

— Elle t'embête? demanda Geneviève.

— Non, non, répondit-il avec un sourire. Mais *elle* sera embêtée lorsqu'elle le verra arriver... avec une autre fille.

Le Fantasma était réparti sur deux étages. Le rez-de-chaussée était occupé par une piste de danse aux dimensions impressionnantes, deux bars, un comptoir de restauration rapide, une table de billard et un vestiaire. L'étage supérieur était plus intime; des vidéo-clips muets étaient projetés sur une vingtaine d'écrans géants.

Mark repéra une table pour deux et à contrecœur, apporta une troisième chaise pour Marie-Josée.

— Je ne vous collerai pas longtemps, dit Marie-Josée pour les rassurer. Le temps de trouver quelqu'un qui m'invitera à danser.

Un serveur arriva.

— C'est ma tournée, dit Marie-Josée, surprise que Mark ne s'y oppose pas.

— Je prendrai une bière, dit-il.

— Une bière et deux Coke, commanda Marie-Josée en prenant pour acquis que Geneviève boirait la même chose que d'habitude.

— Est-ce que les autres viennent ce soir ou est-ce qu'ils travaillent? demanda Geneviève à Mark.

— Philippe te manque à ce point? répliqua-t-il pour la taquiner. Il m'a dit qu'il viendrait peut-être.

— Et?

— Et? répéta Mark en riant.

— Et les autres, qu'est-ce qu'ils font?

— Oh, je vois! Quand tu parles des autres, tu veux parler de notre vedette? De notre Hugo?

— Eh bien, est-ce qu'il vient ou non? demanda Marie-Josée.

Mark fit un signe de tête en direction du bar, car il avait vu Hugo Lemay arriver.

Marie-Josée suivit son regard et vit la super-star franchir une porte en treillis qui donnait sur une véranda.

— À plus tard!

Marie-Josée bondit de son siège et s'empressa d'aller retrouver sa nouvelle flamme.

— Oh, mon Dieu, grimaça Mark quand il la vit se lancer au cou d'Hugo. Comme c'est embarrassant!

Hugo se dégagea de l'étreinte de Marie-Josée et recula d'un pas avant de se contenter de l'embrasser sur la joue.

— Salut, chérie.

Son regard était glacial et il ne souriait pas du tout.

— Tu n'es pas content de me voir?

— Non. Pas ce soir, répondit-il avant de s'éloigner pour aller rejoindre une fille noire qui sortait des toilettes. La fille était d'une beauté époustouflante avec sa minijupe en cuir rouge.

Marie-Josée regarda Hugo poser les mains sur la taille fine de sa nouvelle compagne. Il l'embrassa ensuite, puis l'entraîna dans l'escalier qui menait à la piste de danse.

— Oh, non! fit Geneviève, abasourdie.

— Et voilà comment on fait des miettes avec des biscuits! dit Mark en souriant. Je savais que ça se terminerait comme ça.

Geneviève sentait des frissons lui parcourir la nuque. Était-ce le son des saxophones des musiciens du groupe Billy Druid's Blue on Blue, ou l'étreinte de Mark qui la mettaient dans cet état? Ou les deux? Elle l'ignorait. Ils avaient dansé jusqu'à ce qu'ils soient couverts de sueur et maintenant qu'ils se laissaient emporter par cette délicieuse ballade, Geneviève se sentait revivre. Elle faisait courir ses mains le long de son dos et elle le sentait trembler de tout son corps pendant qu'il la serrait encore plus fort. Il lui embrassa l'oreille, en s'attardant un peu avant de prendre le lobe dans sa bouche. Il effleura ensuite sa joue du bout des lèvres, puis doucement, très doucement, il glissa vers sa bouche. Elle sentit ses jambes s'affaiblir sous l'effet de ce baiser passionné et elle ne put s'empêcher de se répéter de ne pas s'emporter, qu'il ne s'agissait que d'un amour de vacances.

Elle trouva Marie-Josée affalée dans un fauteuil de la véranda, le maquillage défait par les larmes, le poing fermé sur un mouchoir usé.

Elle alla s'asseoir à côté d'elle.

— Oh, Marie-Josée, commença-t-elle. Ne pleure pas, il n'en vaut pas la peine.

— Je me sens si sale, pleurnicha Marie-Josée. Il m'a laissée tomber comme une vieille paire de chaussettes.

Geneviève se retint de lui servir le rituel «Je te

l'avais dit».

— Comment peut-on être si cruel? continua Marie-Josée en pleurant.

Geneviève pensa à Laurent, mais ne dit rien.

Marie-Josée lâcha un long hurlement, puis mit ses mains sur son visage.

— Je veux rentrer à la maison!

Geneviève était atterrée.

— À la maison *maison*? Ou à la maison à l'hôtel?

— Je veux rentrer à l'hôtel, renifla Marie-Josée. Je veux aller me coucher.

— Est-ce que tu veux que je t'appelle un taxi?

Geneviève n'avait aucune envie de quitter Mark alors que les choses devenaient prometteuses.

Marie-Josée prit la main de Geneviève et la serra de toutes ses forces.

— Rentre avec moi, Geneviève, l'implora-t-elle. Je ne veux pas rester toute seule.

— Je suis désolée, Mark. Mais tu comprends la situation, hein?

— Non, pas vraiment, non. Tu n'es pas sa gardienne, tu sais. Elle est parfaitement capable de prendre un taxi pour rentrer.

Geneviève regarda son amie descendre l'escalier, la mine basse. Elle faisait pitié à voir.

— Je dois rentrer avec elle, Mark. Elle est vraiment bouleversée.

Elle espérait que Mark offrirait de les raccompagner à l'hôtel. Marie-Josée mise au lit, ils pourraient tous les deux descendre au Copa boire un dernier verre. Mais il n'en fit rien.

Il prit la main de Geneviève dans la sienne.

— Comme tu veux, dit-il d'une voix monocorde. Je ne voudrais pas m'interposer entre ton amie et toi.

Se reverraient-ils le lendemain? Elle souhaitait vivement qu'il l'invite.

Mais il ne le fit pas.

— À la prochaine, dit-il.

Geneviève s'efforça de lui sourire avant d'aller rejoindre Marie-Josée qui traînait péniblement sa malheureuse carcasse.

Lorsque le taxi s'immobilisa devant l'hôtel, elles virent que Laurent les attendait.

— Il ne manquait plus que lui! chuchota Geneviève qui présumait que Marie-Josée aurait la même réaction.

Mais, contre toute attente, Marie-Josée se précipita dans les bras de Laurent et enfouit son visage dans sa poitrine.

— Oh, je m'excuse, Laurent, brailla-t-elle. Je suis désolée. Je ne pensais pas ce que j'ai dit. Est-ce qu'on peut recommencer?

Geneviève regardait la scène comme si elle avait été frappée par la foudre. Un large sourire aux lèvres, Laurent serrait Marie-Josée tout contre lui et embrassait son visage noyé de larmes.

— Évidemment.

Bras dessus, bras dessous, le couple à nouveau réuni déambula lentement vers le bar en oubliant complètement Geneviève.

Elle les regarda s'éloigner avant d'aller dans sa chambre.

7

Geneviève se réveilla vers six heures. Elle avait entendu le bruit d'un bouchon qu'on retire puis le glouglou de l'eau. Elle s'assit droit dans son lit et Marie-Josée apparut derrière un écran de vapeur en s'épongeant les cheveux.

— Excuse-moi, je ne voulais pas te réveiller.

Geneviève bâilla et s'étira.

— Est-ce que tu viens tout juste de rentrer?

— Non.

Marie-Josée marcha jusqu'à sa garde-robe et commença à fouiller parmi ses vêtements. Elle sortit plusieurs blouses, jupes et maillots de bain qu'elle étendit sur son lit.

— Tu ne me croiras pas, mais je vais être mannequin aujourd'hui!

Geneviève sortit péniblement de son lit et s'approcha de son amie.

— Qu'est-ce que tu veux dire par mannequin?

— Philippe Théroux fait des photos de Sandra à Paradise Beach aujourd'hui, gloussa-t-elle. C'est une photo-test pour la couverture de l'album d'Hugo. Et il aimerait qu'il y ait deux blondes en bikinis en arrière-plan.

— Et il te l'a demandé, à *toi*?

Marie-Josée était réellement jolie et il n'y avait rien de surprenant à ce qu'elle reçoive une telle proposition. Mais Geneviève était surprise du fait que son amie lui apprenne la nouvelle à la dernière minute.

— Quand t'a-t-il proposé ça?

Marie-Josée choisit un bikini blanc.

— Hier soir, répondit-elle avant d'ajouter: Est-ce que tu crois que je devrais prendre celui-ci? Tu ne penses pas qu'il est trop osé?

— Hier soir? *Quand*, hier soir?

Geneviève posait la question parce que quant à elle, Marie-Josée avait passé la majeure partie de la soirée à se morfondre sur la terrasse du Fantasma.

— Laurent et moi avons pris quelques verres au Copa et puis ensuite, nous avons décidé de retourner au Fantasma. Je voulais montrer à Hugo Lemay que je n'ai pas besoin de lui.

Marie-Josée se rendit compte que Geneviève n'aimait pas ce qu'elle entendait et pour alléger l'atmosphère, elle se mit à ricaner nerveusement.

— Tu aurais ri, poursuivit-elle. Laurent et moi dansions à côté d'Hugo et de cette fille… et il n'a pas arrêté de me regarder. Il était vraiment jaloux. Je te parie qu'il aurait aimé pouvoir laisser Miss Jupe en cuir pour partir avec moi. En tout cas, on s'est mis à bavarder avec Mark-Maillot-Jaune… et tu avais raison, Geneviève… il est vraiment gentil.

Geneviève sentit son cœur défaillir.

— Ça le contrariait un peu que tu ne sois pas revenue, mais je lui ai expliqué que tu étais allée te coucher parce que tu te sentais un peu fatiguée.

Geneviève fulminait.

— Tu as *quoi*? Je ne savais pas que tu retournerais là-bas avec Laurent. Pourquoi n'es-tu pas venue me le dire?

— J'ai pensé que tu dormais. De toute façon tu n'as pas à t'en faire, il n'était pas fâché. Il était seulement un peu contrarié. Je pense, qu'il pensait que tu l'avais laissé tomber.

— Oh, mon Dieu! soupira Geneviève dont les yeux commençaient à se remplir de larmes.

Marie-Josée la prit dans ses bras.

— Hé! Ne fais pas l'idiote! Ça te fait paraître indépendante. Il sera encore plus intéressé à toi maintenant.

Geneviève s'écarta.

— Il y a des fois, Marie-Josée... dit-elle d'un ton menaçant.

— En tout cas... ensuite, il m'a parlé de ce travail et il m'a demandé si l'expérience m'intéressait.

Elle alla se poster devant le miroir et examina son visage.

— J'ai l'air d'avoir dormi sur un corde à linge. As-tu vu mes yeux? J'espère qu'ils seront grands ouverts quand il viendra me chercher.

— Parce qu'il vient te chercher? dit Geneviève qui n'en revenait tout simplement pas.

— Lui, Philippe... et Sandra. Et Hugo, évidemment, ajouta-t-elle en souriant. Hé! Ne fais pas cette tête-là! Ton Maillot-Jaune ne m'intéresse pas, Geneviève. Il n'y a qu'Hugo Lemay qui m'intéresse.

Geneviève se laissa tomber sur le bord de son lit. Elle avait l'air abattu.

— Et Laurent? Qu'est-ce qu'il pense de tout cela?

— Ça le dérange un peu, bien sûr, mais il finira par comprendre que nous ne nous verrons plus après les vacances, et que nous ne faisons que passer le temps. De toute façon je lui ai dit que tu t'occuperais de lui aujourd'hui… et il était enchanté. Je crois qu'il t'apprécie beaucoup, Geneviève. Ça ne te fait rien de t'occuper de lui à ma place?

Geneviève était furibonde.

— En fait, oui, ça me dérange, Marie-Josée. Je sors aujourd'hui!

— Et tu vas où? demanda Marie-Josée, étonnée. Où vas-tu?

— Je n'en ai pas la moindre idée, mais il est hors de question que je fasse du baby-sitting pour toi!

— Mais Laurent va venir te chercher à la même heure que d'habitude! Il s'attend à aller à la plage avec toi. Nous avons tout arrangé!

— Tant pis! s'écria Geneviève en allant se réfugier dans la salle de bain qu'elle ferma à double tour.

Marie-Josée regrettait d'avoir accepté. Elle ignorait que ni Hugo ni Sandra ne seraient de la partie.

— Où est tout le monde? demanda-t-elle innocemment à Philippe Théroux quand il arriva dans le stationnement.

Mark était derrière le volant de la Land Rover et une blonde au teint pâle, à l'air très fatigué et avec des rouleaux sur la tête, était étendue paresseusement sur la banquette arrière.

— C'est seulement un test, expliqua Philippe. Nous voulons seulement nous assurer que l'arrière-plan est correct. Et pour ça, nous n'avons pas besoin des stars.

Profondément déçue, Marie-Josée grimpa dans le véhicule et alla s'asseoir à côté de la blonde qui bâilla et s'étira sans dire un mot.

— Et qu'est-ce que Geneviève a dit? demanda Mark alors qu'ils roulaient vers la grand-route. Elle ne voulait pas venir avec nous?

Marie-Josée sentit sa culpabilité monter d'un cran.

— Elle passe la journée avec Laurent aujourd'hui.

Geneviève n'alla pas déjeuner et appela un taxi pour se rendre à Santiago. Elle avait décidé que ce serait la journée idéale pour acheter des souvenirs pour ses parents. Marie-Josée n'aurait qu'à s'arranger pour faire ses emplettes toute seule. Elle pourrait aller en ville plus tard cette semaine avec Laurent. Ou Hugo. Ou Mark!

Elle acheta une sculpture représentant un oiseau pour son père et un collier en coquillages pour sa mère. Elle alla ensuite au bar où Marie-Josée et elle s'étaient abritées le jour où il avait plu et où Claude, le courtier en immobilier, les avait draguées.

Le bar était désert et Geneviève commanda un Coke. Elle alla s'asseoir à une table de la terrasse et observa les allées et venues des insulaires et des touristes. Elle se demanda quelle serait la réaction de Laurent quand il arriverait à l'hôtel et qu'il constaterait qu'elle lui avait posé un lapin. Et, avec un pincement au cœur, elle se demanda comment Marie-Josée s'accordait avec Mark.

La blonde endormie retira ses rouleaux, brossa ses cheveux et se maquilla. Elle enfila ensuite une panoplie de maillots de bain devant Philippe Théroux qui opta finalement pour le noir, car Marie-Josée avait un maillot blanc. Puis, le grand photographe se prépara à partir.

— Je dois aller chercher Sandra et Hugo avant neuf heures, dit-il. À plus tard.

— Est-ce qu'ils viennent à la session de photos? demanda Marie-Josée à Mark en rougissant d'excitation.

— Non, dit-il en souriant. J'ai bien peur que non. Philippe les emmène à Santiago… ils vont aller s'acheter de nouveaux vêtements.

— Où veux-tu qu'on se place? demanda nonchalamment la blonde qui avait hâte de commencer. Tu sais que je suis disponible jusqu'à midi seulement.

Mark lui répondit avec humeur, ce qui surprit Marie-Josée. Elle ne l'avait jamais entendu parler sur un ton agressif auparavant.

— As-tu une autre session cet après-midi?

— Non, répondit le mannequin en lui lançant un regard furieux.

— Alors, si tu fais du temps supplémentaire, je suppose que tu ne t'en plaindras pas?

— Où veux-tu qu'on se place? répéta-t-elle en le regardant de ses yeux à demi fermés.

Marie-Josée se demanda combien d'argent toucherait la professionnelle pour ce travail. On ne lui avait pas parlé d'argent, à *elle*. Elle avait accepté de se prêter à ce jeu uniquement dans le but de passer la journée avec Hugo, et l'idée qu'elle puisse être payée pour cela ne lui avait pas traversé l'esprit. Mais maintenant…

— Commençons par une photo de vous deux appuyées contre ce palmier en train d'admirer la mer, suggéra-t-il. Imaginez qu'Hugo et Sandra sont en train de s'ébattre dans l'eau.

Le mannequin se dirigea vers le palmier et prit la pose en faisant une moue aguichante. Marie-Josée la regarda faire et l'imita.

La Land Rover s'arrêta dans un crissement de pneus en klaxonnant et Geneviève sursauta. Elle leva la tête et vit le visage souriant de Philippe Théroux. Elle fut aussi surprise de constater qu'Hugo Lemay et Sandra étaient assis à l'arrière.

— Tu devrais être en train de te prélasser sur une plage, dit Philippe en riant, au lieu de flâner dans un bar!

Geneviève s'avança vers la voiture.

— Qu'est-ce que vous faites ici? demanda-t-elle. Je croyais que vous faisiez tous des photos aujourd'hui.

— Nous avons trop de choses à faire, répondit Philippe en souriant. J'ai laissé Mark s'en occuper. Ne t'inquiète pas. Ton amie Marie-Josée est entre de bonnes mains.

— Je n'en doute pas, répondit Geneviève sans lui retourner son sourire.

— On fait une pause? C'est l'heure du lunch! déclara Mark.

Il alla prendre la glacière parmi les boîtes d'équipement photographique.

— Pâté? Champagne?

— Ça a l'air bon, gloussa Marie-Josée. Mais est-ce que je pourrais aller me baigner d'abord? Je suis en sueur.

Le mannequin soupira et la regarda d'un air hautain.

— Et que fais-tu de ton maquillage et de tes cheveux?

— Elle a raison, Marie-Josée. Tu devrais attendre que nous ayons terminé la session. Nous avons presque fini. Nous en avons à peine pour une heure encore.

— Je vais me passer du pâté si ça ne vous dérange pas, dit le mannequin en avalant la moitié de ses mots. Je suis épuisée. Je vais aller faire un petit somme.

Elle s'écrasa sous un palmier et ferma les yeux.

Mark traîna la glacière jusqu'au bord de l'eau, retira son jean pour révéler son éternel maillot jaune et s'assit, les pieds dans l'eau. Marie-Josée alla le rejoindre.

— Santé!

— Santé!

— C'est dommage que Geneviève n'ait pas voulu venir, dit-il. Je sais que nous n'aurions pas pu l'utiliser comme mannequin, mais au moins, elle aurait pu boire quelques coupes de champagne avec nous.

Marie-Josée ne trouva rien à répondre.

— Dommage aussi qu'elle ne soit pas blonde, ajouta-t-il. J'aurais de loin préféré travailler avec elle plutôt qu'avec notre Belle au bois dormant. Elle est vraiment rasante, non?

— Je pensais qu'elles étaient toutes comme elle.

— Non. Sandra est charmante. Elle fera n'importe quoi pour qu'une photo soit parfaite. C'est comme ça qu'elle a réussi à se hisser au sommet.

Elle ne s'est pas uniquement fié à sa beauté. Il ne suffit pas d'être belle pour réussir dans ce métier, crois-moi.

— Penses-tu que je pourrais être mannequin?

Marie-Josée sirotait son champagne en attendant la réponse qui, elle en était certaine, serait positive.

— Tu parles sérieusement?

— Sérieusement, oui.

— Oublie ça! Pour être honnête, Marie-Josée, il est très difficile de percer dans ce métier. L'offre est plus grande que la demande. À moins que tu sois excessivement chanceuse, tu perdrais ton temps à passer des auditions, à être en compétion avec des centaines de filles, à essayer de gagner ta croûte.

— Et aux États-Unis? demanda-t-elle naïvement.

— C'est pire, dit-il. La plupart des modèles ont envie de faire carrière au cinéma. Elles veulent toutes devenir vedettes à Hollywood. Le Québec a l'avantage, sur ce point du moins, d'avoir une industrie cinématographique moins développée qu'aux États-Unis, ce qui veut dire que la compétition entre filles est moins grande.

— Oh, fit-elle, déçue.

— Qu'est-ce que tu fais comme travail?

— Je ne travaille pas. En tout cas, pas pour le moment. Mais je vais commencer dès que je rentrerai. Je vais être caissière.

— Dans une banque?

— Un supermarché.

— Vraiment?

— Mais je ne travaillerai pas dans un supermarché éternellement, pas si je peux décider de mon sort. Non. J'aimerais trouver un homme riche et célèbre et l'épouser.

Mark faillit avaler son champagne de travers.

— Te marier? Mais tu es beaucoup trop jeune pour te caser.

Elle éclata de rire.

— Hugo Lemay ferait parfaitement l'affaire!

— Mais…

— Je sais à quoi tu penses. Tu te demandes ce que je fais avec Laurent alors que j'ai arrêté mon choix sur Hugo.

— Ça ne me regarde pas, dit-il en haussant les épaules.

— Mais tu désapprouves.

— Tu peux penser que je suis vieux jeu si tu veux, répliqua-t-il avec un sourire.

Elle regarda sa poitrine musclée et remarqua les quelques gouttes de sueur qui y perlaient.

— Je crois que j'aime bien draguer. Je n'ai aucune mauvaise intention, mais, que veux-tu? je *suis* en vacances! Et si on ne peut pas flirter quand on est à mille lieux de chez soi, alors…

Il ne souriait pas. Elle remarqua qu'il respirait de plus en plus rapidement. Ses remarques aguichantes faisaient leur effet.

— Pendant que le chat n'est pas là… dit-elle en souriant.

Elle se pencha vers lui et posa délicatement les doigts sur sa poitrine.

— …les souris dansent.

— Mais pas celle-ci, dit-il en retirant la main de Marie-Josée et en la tapant avec entrain.

Il la regarda droit dans les yeux. Elle était visiblement embarrassée.

— Encore un peu de champagne? offrit-il.

Geneviève venait de prendre place seule dans la salle à manger. Elle n'aimait pas manger en solitaire, mais les serveurs se montrèrent encore plus attentifs à ses besoins que d'ordinaire. Ils ressentaient probablement de la pitié pour cette rousse esseulée. Marie-Josée était rentrée de sa session de photo et était aussitôt tombée sur Laurent qui l'avait invitée à aller manger dans un restaurant huppé de Santiago. Marie-Josée s'était empressée d'accepter.

— Ça ne te dérange pas trop, hein, Geneviève? avait demandé Marie-Josée pendant qu'elle se précipitait sous la douche et que Laurent feuilletait des magazines posés sur la table de chevet.

— Et pourquoi ça me dérangerait? avait répondu Geneviève qui commençait à avoir l'habitude d'être laissée pour compte.

— Je ne rentrerai pas tard.

Laurent avait levé le nez de son magazine, apparemment déçu de cette déclaration.

— Je suis très fatiguée, Laurent, avait dit Marie-Josée. La journée a été plutôt longue.

— Et puis, comment ça s'est passé? avait demandé Geneviève. Comment allait Mark?

— La journée s'est plutôt bien déroulée, avait répondu Marie-Josée dans un haussement d'épaules. Et Mark allait bien, même si je ne comprends pas en quoi il t'intéresse.

Mark arriva alors que Marie-Josée quittait l'hôtel au bras de Laurent.

— Est-ce qu'elle est là? demanda Mark.

— Geneviève?

— Qui d'autre? fit-il en souriant.

— Elle est dans la salle à manger, toute seule avec elle-même.

— Dans ce cas, je vais aller la rejoindre.

Marie-Josée eut soudainement l'air aussi effrayé qu'un petit lapin sur le point d'être piégé.

— Va, Laurent, je vais aller te rejoindre. J'ai quelque chose à dire à Mark en privé.

Laurent s'en alla et Marie-Josée attrapa Mark par le bras pour l'entraîner dans un coin isolé du hall d'entrée.

— Tu ne diras rien, n'est-ce pas, Mark? demanda-t-elle d'une voix désespérée.

— Qu'est-ce que tu veux dire? répliqua-t-il, les yeux grands ouverts.

— Tu sais.

Il l'embrassa sur la joue.

— Allez, va. Va t'amuser, la rassura-t-il. En ce qui me concerne, il n'y a rien qui vaille la peine d'être raconté.

— Merci, Mark.

Et elle s'éloigna en souriant.

— Je peux?

— Mark!

Geneviève rougissait à vue d'œil.

— Est-ce que tu m'invites à souper avec toi?

— Évidemment! répondit-elle en sentant que son cœur battait à tout rompre.

Pour une surprise, c'en était une!

— J'ai une petite proposition à te faire, déclara-t-il. Si tu refuses, je ne m'en porterai pas plus mal. C'est à toi de décider.

— Propose toujours…

— Que dirais-tu d'une petite excursion demain? Toi et moi seulement?

8

Geneviève laissa un petit mot à Marie-Josée. Elle plaça la note sur le miroir de la coiffeuse de manière à ce que Marie-Josée la voit. Elle remarqua que le ciel était couvert. Elle enfila un jean et un chemisier couleur crème et se chaussa d'espadrilles. Elle décida d'emporter un coupe-vent qu'elle entassa dans un fourre-tout orange. Puis, se demandant s'ils nageraient ou s'ils se contenteraient de se faire bronzer sur la plage, elle ajouta un short, un maillot de bain et une serviette. Elle prit aussi sa trousse à maquillage, sa brosse à cheveux et une bouteille de crème solaire presque vide.

Le téléphone sonna au moment où elle se demandait si elle devait emporter son roman.

— Il y a un M. Adams qui vous attend à la réception.

— Merci, je descends.

Elle serra *Un Amour étrange* dans son fourre-tout et s'empressa d'aller rejoindre Mark.

— Il y a un changement au programme, dit Mark en la prenant par les épaules et en l'embrassant sur la joue.

Allait-il annuler leur rendez-vous? Si oui, elle serait terriblement déçue.

— Mais dans le fond, ça ne change rien, ajouta-t-il, puisque que tu ne connais pas le plan original.

Il la guida vers le stationnement où un taxi les attendait, compteur en marche.

— Nous avons changé de destination. C'est une idée de Philippe et j'ai sauté sur l'occasion.

Ils s'entassèrent sur la banquette arrière, le sac de voyage de Mark prenant beaucoup d'espace.

— Voudriez-vous que je mette votre sac dans le coffre, monsieur? demanda le chauffeur en regardant dans son rétroviseur.

— Non, ce sera parfait comme ça, répondit Mark avant d'ajouter: Pouvez-vous nous conduire au port, s'il vous plaît?

Le chauffeur sembla aussi surpris que ravi par l'idée de faire une course aussi longue.

— *El puerto?*

— *El puerto. Sí.*

La voiture démarra et Mark glissa son bras sur les épaules de Geneviève.

— Pourquoi allons-nous au port?

Mark éclata de rire.

— Parce que nous allons faire une excursion en bateau, voilà pourquoi! J'espère que tu n'as pas le mal de mer.

— Je n'en ai aucune idée, dit Geneviève en ricanant. Le seul bateau que j'ai pris dans ma vie, c'était le traversier de Saint-Antoine-sur-le-Richelieu!

Durant une heure et demie, la voiture traversa des champs de canne à sucre, franchit des sommets escarpés où poussaient des orangers et des citronniers, fit des embardées dans les courbes étroites des plantations de bananiers, puis roula à une vitesse de tortue en entrant dans des villages où des fermiers marchaient sur les allées pavées avec leurs chèvres. Tout en admirant le paysage, Geneviève et Mark parlèrent de tout et de rien. Mark retira son bras des épaules de Geneviève une seule fois et cela, parce qu'il avait le bout des doigts engourdis.

Ils approchaient maintenant de San Luis qui était situé sur la côte sud de l'île de Lacruz. Geneviève avait l'impression qu'elle connaissait Mark mieux que quiconque, exception faite des membres de sa famille et de Marie-Josée. Il lui avait parlé si librement de son passé, de ses études, de ses amours déçus.

— Je suis un romantique, dit-il. C'est à cause du sang espagnol qui coule dans mes veines.

— Espagnol? avec un nom comme Adams?

— Mon père est originaire de l'Utah, un État mormon. Mais il est arrivé à Los Angeles quand il était encore adolescent et il a plus tard épousé Conchita Paloma Alvarez, une beauté espagnole.

— Ça veut dire que tu parles l'espagnol couramment?

— Oui. Ma mère m'a transmis et sa langue et sa beauté! dit-il en riant et en la serrant plus près de lui.

— Je ne peux pas dire le contraire, répliqua-t-elle en se retournant pour le regarder dans ses beaux yeux d'un bleu profond.

Il l'embrassa. Un doux petit baiser. Puis, pour une deuxième fois depuis leur départ de l'hôtel, il retira son bras des épaules de Geneviève. Il prit sa main dans la sienne et leurs doigts s'entre-mêlèrent.

Il se tourna pour regarder par la fenêtre.

— Nous y sommes.

Le taxi se fraya un passage parmi les rues bordées de maison basses ornées de volets verts. Des enfants noirs aux pieds nus et aux visages souriants les accueillirent à chaque coin de rue. Des cris de joie s'élevaient de partout alors que les enfants jouaient à la balle, sautaient à la corde ou qu'ils se bagarraient dans les rues sales.

— Ils ne vont pas à l'école? demanda Geneviève en regardant sa montre et en voyant qu'il était dix heures.

— Pourquoi les enfants ne sont-ils pas à l'école? demanda Mark au chauffeur.

Le chauffeur lui sourit dans son rétroviseur.

— *Fiesta*, dit-il.

Mark leva les yeux au ciel.

— J'aurais dû y penser! s'exclama-t-il en serrant plus fort la main de Geneviève. Ils sont en vacances, expliqua-t-il, l'air inquiet.

— Et ça cause un problème? demanda Geneviève.

— C'est la *fiesta*… qui pourrait nous causer de petits problèmes.

Les doutes de Mark se confirmèrent lorsqu'ils constatèrent que le quai était désert. Un nombre impressionnant de bateaux étaient amarrés et se laissaient ballotter par les eaux calmes.

— On dirait qu'aucun de ces bateaux ne sortira du port aujourd'hui, dit-il à Geneviève.

Ils se dirigèrent vers une cabane qui servait à la fois de boutique de souvenirs et de bureau pour les administrateurs du port. La porte était fermée à clé. Mark mit ses mains en visière sur ses yeux et approcha son visage de la fenêtre poussiéreuse. Il n'y avait personne à l'intérieur.

Il se retourna vers Geneviève et haussa les épaules.

— Il n'y a pas un chat.

Puis, remarquant qu'une voiture de police sale et cabossée entrait dans le port, il s'empressa d'aller questionner ses occupants.

Geneviève entendit le babillage en espagnol incompréhensible et attendit que Mark traduise.

— Rien! soupira Mark quand les policiers furent repartis. C'est la deuxième fête en importance à San Luis. C'est congé férié aujourd'hui.

— Est-ce que ça veut dire que nous ne pourrons pas faire notre excursion en bateau?

— Eh bien… *je* n'ai pas le choix, répondit Mark. C'est un voyage d'affaire pour moi, tu te souviens? Ce n'est pas qu'une simple balade.

Pendant le trajet, Mark lui avait expliqué que ce voyage en était un de reconnaissance et que Philippe Théroux tenait absolument à ce qu'il repère les endroits intéressants sur l'île de La Luna. Ce repérage servirait soit au travail qu'ils effectuaient maintenant soit à un autre.

— Il y a deux alternatives, déclara-t-il. Nous pouvons retourner à l'hôtel et revenir demain… ou nous pouvons passer la nuit ici et partir très tôt demain matin.

— Mais où va-t-on dormir? Et Marie-Josée? Elle va s'inquiéter! Je lui ai laissé un mot lui disant que je rentrerais ce soir.

Mark pouffa de rire.

— Nous ne sommes pas encore coupés de toute civilisation! Il y a des hôtels ici, et le téléphone! Nous appellerons au Maritimo pour avertir

Marie-Josée.

Geneviève prit son fourre-tout de la main droite et de l'autre s'empara d'une poignée du sac de Mark.

— Alors, qu'est-ce qu'on attend? demanda-t-elle. Allons trouver un hôtel.

Ils transportèrent ensemble le sac de Mark jusqu'au centre-ville. Les rues étaient maintenant désertes, mais la plupart des portes des maisons étaient ouvertes, ou du moins entrouvertes. N'ayant pas de climatisateurs, les habitants s'en remettaient à la bonne volonté de la nature et du vent pour se rafraîchir. Geneviève avait les jambes couvertes de sueur et elle avait hâte d'être installée dans une chambre d'hôtel pour se changer.

L'hôtel Estrada était complet.

Le Las Golondrinas aussi.

— Allons voir dans cette auberge, suggéra Mark. Ce ne sera pas aussi confortable que dans un hôtel, mais c'est la seule solution. Si c'est complet là aussi, nous devrons retourner au Maritimo.

Plusieurs chambres étaient disponibles, ce qui ne surprit pas Geneviève quand elle constata à quel point l'auberge était sale. Sa chambre, voisine de celle de Mark, était minuscule. C'était un espace mal aéré à peine assez grand pour accueillir un lit jumeau. Il n'y avait aucun bureau, aucune commode, aucune garde-robe. Geneviève déposa le contenu de son sac sur le plancher de pierre blanchie. Elle s'agenouilla sur le lit couvert d'un voile en nylon et poussa sur les volets de la fenêtre. Elle regarda en bas: c'était le dépotoir de l'auberge. Une des poubelles n'avait pas de couvercle et les déchets — un mélange appétissant de laitue jaunissante, de tomates à demi pourries et de têtes de poisson puant — jonchaient le sol où un maigre chat borgne se régalait.

— C'est la vraie misère, hein? dit Mark qui se tenait sur le seuil de la porte.

Geneviève sauta en bas du lit en souriant.

— Mais c'est le luxe le plus total! répliqua-t-elle en riant. On peut dire que tu m'emmènes dans des endroits vraiment romantiques, Mark.

Il éclata de rire.

— Et encore, c'est toi qui as la plus grande chambre!

Il la prit par la main et l'entraîna dans le corridor.

— Viens voir la salle de bain. Tu vas l'adorer.

Il ouvrit la porte qui donnait sur une pièce aux murs en pierre grise et Geneviève sentit immédiatement la chaleur des rayons du soleil sur sa peau. Elle leva les yeux au plafond.

— Il n'y a pas de toit!

Elle continuait de regarder le ciel bleu sans nuages.

— Où est le toit?

— Il n'y a pas de toit, conclut Mark en souriant.

Geneviève regarda autour d'elle.

— Où est la baignoire?

— Il n'y a pas de baignoire.

— La douche?

— Il y a un tuyau d'eau froide derrière ce qui reste de ce rideau en plastique.

— La toilette?

Il lui montra un trou dans le plancher.

— Tu me fais marcher! dit Geneviève, hébétée.

— Eh non, malheureusement, dit Mark en

haussant les épaules, l'air désespéré. Mais voilà, tout y est!

Il l'enlaça par la taille.

— Est-ce que tu préfères retourner au Maritimo? Je n'y verrais aucune objection. Vraiment aucune.

— Non, répondit Geneviève en riant. Qui pourrait bien avoir besoin d'une toilette avec un trou pareil dans le plancher?

Elle remarqua sur le mur une inscription en espagnol.

— Qu'est-ce que ça veut dire?

Mark sourit.

— En traduction libre, ça voudrait dire: «La moindre beauté est une joie pour toujours».

Une voix les fit sursauter.

— Si vous voulez manger, dit l'aubergiste, il y a un petit restaurant dans l'annexe.

— Merci, répliqua Mark, mais je crois que nous sortirons dîner.

Mark tenait à se faire pardonner pour les pauvres conditions de vie qu'il avait imposées à Geneviève. Il choisit de l'emmener dans le meilleur restaurant des alentours. Il était deux heures et la ville commençait à se ranimer. Le restaurant était rempli à craquer et sa clientèle très bruyante. Les serveurs se faisaient insulter à tout moment et une famille ou un groupe d'amis rassemblés se mettait à frapper des mains et à chanter à tue-tête toutes les quinze minutes.

— J'aimerais comprendre les paroles, dit Geneviève. On dirait qu'elles sont très drôles.

— Je n'y comprends rien non plus, avoua Mark. Ce n'est pas de l'espagnol. En fait, ce n'est pas tout à fait de l'espagnol. On dirait que c'est une espèce de mélange d'espagnol, d'anglais et de créole.

Il rit avant d'ajouter:

— C'est du spanglais créole.

Geneviève avait envie d'un repas léger, car il faisait beaucoup trop chaud pour goûter aux spécialités épicées de la maison.

— J'aimerais avoir une omelette et une salade, si c'est possible.

— Une omelette française ou espagnole? demanda Mark sérieusement.

— Et pourquoi pas une omelette spanglaise? suggéra-t-elle en riant.

Le garçon présenta la carte des vins à Mark et attendit qu'ils firent leur choix.

— Est-ce qu'il y aura un défilé aujourd'hui? demanda Mark au serveur. Comment célébrez-vous les *fiestas* à San Luis?

— *Es La Fiesta de Los Gumbos*, répondit le serveur.

Les yeux grands ouverts, Geneviève attendait la traduction.

— Il dit que c'est la *Fiesta de Los Gumbos*. Sais-tu ce qu'est un gumbo?

— Un arbre qui produit de la gomme? proposa-t-elle en riant toujours.

— Gumbo. Gumbo, insista le garçon. Un gumbo, c'est de l'okra.

— Navrée, mais ça ne m'en dit pas plus, répondit Geneviève.

— L'okra est un légume abondamment cultivé à Lacruz, expliqua Mark. C'est donc du gumbo et aujourd'hui, c'est la fête du Gumbo. Une espèce d'hommage... ça doit être une fête religieuse...

une louange au gumbo... leur principale récolte.

— Comme les festivals du homard chez nous? demanda Geneviève.

— C'est à peu près ça, oui, répondit Mark en souriant. C'est une sorte de festival du gumbo.

Il s'adressa au serveur.

— Nous allons célébrer votre *Fiesta de Los Gumbos* avec une bouteille de champagne, d'accord?

— *Sí, Señor,* répondit le serveur avec un sourire. Tout de suite, *Señor.*

Se sentant enivrée malgré qu'elle ait bu un seul verre de champagne, Geneviève s'agrippa à Mark pendant qu'ils suivaient la foule qui se dirigeait lentement vers la place principale, La Plaza des Obispo. Les fontaines de la vieille place étaient déglinguées et pompaient une eau brunâtre. La place était aussi parsemée de palmiers dans lesquels perchaient des douzaines d'oiseaux multicolores. À l'autre bout était érigé le seul édifice digne de ce nom, l'église de San Luis. Ses murs avaient récemment été lavés et on les avait recouverts de guirlandes de fleurs exotiques: des alamandes, des anthuriums et des orchidées sauvages.

La foule bruyante remplit bientôt la place. Tous les yeux étaient rivés sur l'église. Les enfants étaient grimpés sur les épaules de leurs parents, les adultes plus petits dressés sur la pointe des pieds pour réussir à voir malgré les têtes qui leur bloquaient la vue.

À cinq heures précises, les cloches de l'église carillonnèrent et un grondement s'éleva de la place. La foule se tut uniquement lorsque les cloches cessèrent de sonner. Un silence inquiétant tomba alors. Puis un lent roulement de tambour résonna et la foule regarda avec admiration les prêtres qui sortaient de l'église en portant sur leurs épaules un palanquin orné de bijoux. Les hommes, les femmes et les enfants marchèrent en procession sans quitter le palanquin des yeux.

Il contenait des centaines de cierges qui brûlaient autour d'une madone en position assise et décorée de diamants. Les prêtres accordaient leurs pas à la cadence du tambour et un petit garçon les suivait en portant un plateau. Le garçon souriait de toutes ses dents car il était fier d'avoir entre les mains l'objet vénéré: il portait un plateau de gumbo.

La procession religieuse se déroula dans un silence presque total et dura près de deux heures. Elle défila solennellement dans les petites rues de San Luis pour finalement aboutir à l'église; on avait enterré le gumbo dans *El Jardin de Los Santos*.

Le carnaval suivit: les rythmes hypnotiques des steel bands retentirent sur la place. Les adultes enivrés par le rhum et leurs enfants excités dansèrent sauvagement en compagnie des prêtres et des policiers.

Lorsque la nuit tomba, tous les villageois retournèrent au Jardin de Los Santos pour regarder *los fuegos* — des feux d'artifice magnifiques. L'explosion de chaque fusée résonna dans les rues étroites, imitant le bruit du tonnerre. Mark pressa Geneviève contre lui et la serra. Et alors que la dernière fusée éclatait dans le ciel en libérant des milliers d'étoiles, il l'embrassa. Geneviève aurait voulu que ce moment dure éternellement.

9

Il était huit heures du matin et San Luis bour-
donnait d'activité. Geneviève et Mark quittèrent
l'auberge et allèrent siroter un café corsé sur la terrasse d'un petit restaurant. La fête était terminée et
la ville avait repris son rythme normal. Les rues
avaient déjà été nettoyées.

— C'est l'heure de la journée que je préfère
dans les Antilles, dit Mark.

— Moi aussi. Il fait soleil, mais pas encore
trop chaud.

— C'est différent de Montréal, hein?

— Très différent, oui.

Montréal… elle refusait d'y penser. Montréal
était à l'autre bout du monde et elle n'avait aucune
envie d'y retourner.

— Et Los Angeles, ça ressemble à Lacruz?

Il éclata de rire.

— Oh, que non! Nous nous considérons
chanceux les jours où nous pouvons apercevoir le
soleil. Il y a trop de pollution, le smog y est toujours épais.

Ils finirent leurs cafés et marchèrent lentement
vers le port dont les abords étaient remplis de
voitures. Des insulaires bruyants faisaient la queue

afin d'acheter des billets à destination d'autres îles des Antilles.

— Crois-tu que La Luna est un endroit populaire? demanda Geneviève.

— Je n'en ai aucune idée. Je connais Lacruz comme le revers de ma main. Le contraire serait grave car nous y avons passé deux mois l'année dernière. Nous produisions les photos pour un catalogue de maillots de bain. Mais je ne suis jamais allé à La Luna. Philippe non plus et c'est pour cela qu'il m'y envoie.

Ils achetèrent leurs billets, puis on les dirigea vers le quai où un petit bateau à moteur était amarré. Ensemble, ils transportèrent jusqu'au bateau le lourd sac de Mark. Un trio était rassemblé — le propriétaire et deux passagers — et les attendait.

— Visiblement, ce n'est pas la destination la plus en vogue, commenta Geneviève.

Les deux passagers étaient originaires de Lacruz et ils portaient avec eux des sacs identiques. L'un d'eux avait le visage grêlé.

— Ce sont probablement des trafiquants de drogue, chuchota Mark d'un air amusé. Nous nous ferons arrêter et nous serons jetés en prison pour le reste de nos vies.

Cette perspective n'amusait pas du tout Geneviève. Elle avait entendu de nombreuses histoires à propos de Québécoises enfermées dans des prisons étrangères pour des délits de drogue.

Alors que le capitaine du bateau les aidait à embarquer, Mark écoutait la conversation animée des deux jeunes hommes à l'air louche.

— Je ne comprends absolument rien de ce qu'ils racontent, dit Mark. Je crois qu'ils utilisent une sorte de langue codée pour ne pas être compris par les étrangers.

Un des passagers déposa son sac et sauta sur le pont du bateau, puis sourit à Mark et à Geneviève, révélant ainsi une dent en or. L'autre se tenait près du bastingage et regardait l'horizon.

— *Hola!* dit Dent-en-or.

— *Hola!* répondit Mark.

— *English*?

— Américain.

Le compagnon de Dent-en-or leur adressa un grand sourire.

— *Americano*? reprit le premier.

— Oui, je suis Américain et mon amie est Canadienne.

— Une Canadienne et un Américain, énonça l'insulaire.

— Oui.

— *Una Canadiensa y un Americano.*

— *Sí.*

Dent-en-or s'étira et plaça ses mains derrière sa tête.

— Et pourquoi allez-vous à *La Isla de La Luna*?

Mark haussa les épaules.

— Par simple curiosité.

L'homme s'esclaffa en entendant cela.

— Et vous? demanda Mark.

— Nous allons chercher de la drogue, répondit-il froidement.

Geneviève commençait à paniquer.

— De la drogue? fit-elle.

— *Sí.* De l'aspirine et de la pénicilline… et de la drogue contre la toux, évidemment.

— Oh! Cette sorte de drogue! s'exclama Geneviève, soulagée.

L'homme s'assit et la dévisagea.

— Évidemment, dit-il, surpris. À quelle autre drogue pensiez-vous?

Geneviève lui adressa un petit sourire nerveux.

— Je ne sais pas. Je pensais seulement que…

— *El crack*, hein?

Il continua de la dévisager avec une expression mi-figue, mi-raisin. Il sourit à nouveau, lui fit un clin d'œil, s'étendit de tout son long et continua à rire.

Le bateau ne mit qu'une vingtaine de minutes pour atteindre La Luna. Il se rangea le long d'un quai en bois construit sur une rive rocheuse.

— Oh, fit Geneviève en prenant le bras de Mark qui l'aidait à débarquer, je m'attendais à ce que la plage soit aussi sablonneuse que celles de Lacruz et qu'il y ait autant de palmiers tout autour.

— Moi aussi, dit Mark. C'est un peu désertique, hein?

Il la prit par la taille et l'embrassa délicatement sur le front.

— Et puis après? Nous en ferons notre paradis terrestre pour la journée.

Marie-Josée avait été surprise de découvrir la note de Geneviève, mais à la fois ravie qu'elle passe la journée en compagnie de Mark. Lorsque le téléphone avait sonné plus tard ce soir-là, Marie-Josée traversait le hall d'entrée au bras de Laurent.

— Nous sommes dans un village qui s'appelle San Luis, avait expliqué Geneviève. Nous devions prendre le bateau jusqu'à une île qui porte le nom de La Luna, mais le village est en pleine *fiesta* et il n'y a aucun départ de bateau.

— Alors, qu'est-ce que vous allez faire? avait demandé Marie-Josée subitement inquiète. Allez-vous revenir à l'hôtel?

Geneviève avait craint la réaction de son amie quand elle apprendrait la nouvelle.

— Geneviève? Es-tu toujours là?

— Eh bien, Mark a pensé que nous pourrions passer la nuit à San Luis et que nous quitterions San Luis pour l'île de la Luna très tôt demain matin.

— Et?

— Que penses-tu que je devrais faire?

Marie-Josée avait éclaté de rire.

— Évidemment que tu devrais le faire! Ça sera amusant, non?

Geneviève était restée muette pendant un moment, puis s'était mise à chuchoter:

— Il est adorable, Marie-Josée. Je me sens en sécurité avec lui.

Geneviève avait ensuite changé de sujet et repris sa voix normale.

— Hé! tu devrais voir l'endroit où nous sommes descendus. C'est vraiment crasseux. Et tout le monde est fou à San Luis. Nous sommes tombés en plein festival de la récolte de «quelque chose» et tout le monde est devenu cinglé.

— Me téléphones-tu de l'hôtel?

— De l'auberge. Non, nous sommes dans un restaurant incroyablement chic et nous sirotons du champagne.

— Ah, je vois! avait dit Marie-Josée en riant. Puis, se tournant vers Laurent, elle avait ajouté: Mark a amené Geneviève manger dans un restaurant très chic et ils boivent du champagne. J'espère que tu en feras autant pour moi.

Laurent s'était emparé du combiné du téléphone.

— Nous allons dans un café minable boire quelques bières, Geneviève.

Geneviève avait éclaté de rire tandis que Laurent remettait le combiné à Marie-Josée.

— Alors, ça ne te dérange pas?

— Quoi?

— Que je ne rentre pas ce soir?

— Ne dis pas de bêtises. Bien sûr que ça ne me dérange pas. Amuse-toi bien avec ton prince charmant. Mais sois prudente.

— Je le serai. Toi aussi, sois prudente.

— Ne t'inquiète pas pour moi, avait gloussé Marie-Josée. Le beau Laurent prend soin de moi. On en reparlera demain, hein?

— Oui, bye.

Elles avaient raccroché.

— Eh bien, elle semble au bord de l'extase avec son Mark, avait dit Marie-Josée en souriant. Voyons voir si tu peux me rendre aussi heureuse, hein, Laurent? Où allons-nous?

— Que dirais-tu d'un restaurant chic où on sert du champagne? avait-il suggéré en riant.

10

Il n'y avait aucune ville sur l'île de La Luna, pas même un *pueblo*. Mais il y avait une rangée de bâtiments délabrés près du quai, où étaient regroupés une épicerie, une infirmerie et un petit bar. Contrairement à ce qu'on aurait pu croire, les deux trafiquants ne s'arrêtèrent pas à l'infirmerie. Ils enfourchèrent plutôt une petite motocyclette qui était garée devant l'épicerie et disparurent dans les collines en laissant derrière eux des nuages de poussière.

— De l'aspirine! se moqua Geneviève. Mon œil!

Ils se dirigèrent vers le bar où, en entrant, ils se butèrent contre une bête étendue nonchalamment sur le sol. La bête fauve n'avait que trois pattes et était enchaînée à un des barreaux fixés à une fenêtre poussiéreuse. À leur grande surprise, le barman n'avait pas la peau noire, mais un teint olivâtre et une épaisse moustache noire comme du jai qui suggérait des origines espagnoles. L'homme leva la tête et les salua brièvement.

— *Sí?*

Mark commanda deux Coca-Cola pour lesquels il paya un prix exorbitant. Ils choisirent de s'asseoir à une table, malgré la chaleur étouffante et la pénombre de l'endroit. Ils sirotèrent leur boisson silencieusement, trop intimidés par le lieu et son propriétaire. Ils savaient que le barman écouterait le moindre mot prononcé à voix basse.

L'homme vint vers eux en prétextant qu'il devait essuyer la table, et en profita pour entamer la conversation.

— *English?*

Et ça recommence! pensa Mark en lui servant la même réponse qu'il avait donnée au trafiquant du bateau.

— Je suis photographe, expliqua Mark en espagnol, et je viens faire du repérage à La Luna.

Le barman était enchanté d'entendre l'Américain s'exprimer dans un espagnol presque sans accent. Il approcha une chaise et s'assit, s'adressant parfois à Geneviève, même s'il savait qu'elle ne parlait pas sa langue. Il leur conseilla d'aller explorer la Playa del Oro. Selon lui, le terrain accidenté et la falaise rouge et érodée de l'endroit feraient des photographies exceptionnelles. En plus, la falaise recelait d'une douzaine de grottes.

— *Perfecto!* s'exclama Mark. Comment fait-on pour s'y rendre?

Le seul moyen de transport de l'île était la *motocicleta*, une bicyclette motorisée qu'on pouvait louer chez l'épicier. Mark négocia le prix de la location avec l'épicier et ils s'en allèrent, Geneviève et lui, en direction de la Playa del Oro. Pour s'y rendre, ils devaient se fier au malheureux tracé dessiné par le barman à l'endos d'un sous-verre.

Il était difficile de garder l'équilibre sur la

route cahoteuse. Deux personnes, un fourre-tout et un sac de voyage rempli d'équipement de photographie constituaient un lourd chargement pour un véhicule si petit. Mark ne portait ni casque ni t-shirt ni chaussettes… il était vêtu de son seul maillot jaune et était chaussé d'espadrilles. Il tenait le guidon à deux mains et suivait les traces laissées par leurs compagnons de bateau. Geneviève, elle, suait à grosses gouttes malgré sa tenue légère (short et t-shirt). Elle s'agrippait à Mark en le serrant par la taille. Elle était terrifiée… et excitée.

Après trente minutes passées à sauter sur les roches et à tenter d'éviter les nids de poule, Mark arrêta le moteur.

— Il est temps de faire une pause, déclara-t-il.

Geneviève descendit de la mobylette que Mark appuya contre un arbre, sur le bas-côté de la route.

Geneviève alla s'asseoir à côté de Mark.

— Ce n'est pas très joli, hein?

Il tourna la tête et regarda les cerisiers; ils avaient l'air misérable et étaient couverts de termites. Des limes étaient sur le point de tomber des branches des limettiers fragiles. De l'autre côté du sentier, il y avait une famille de cactus.

— On a le sentiment que ça a déjà été beau, dit Mark, mais qu'une tempête a tout détruit. Et parlant de tempête, ajouta-t-il, je ne veux pas t'alarmer… mais regarde!

Geneviève leva les yeux et constata que des nuages noirs commençaient à s'amonceler au-dessus de leurs têtes. Elle sourit.

— Un peu de pluie nous rafraîchira.

— Peut-être, répliqua Mark en souriant à son tour. Mais la pluie pourrait bien nous noyer.

Des gouttelettes délicieusement rafraîchissantes se mirent à tomber, mais, quand la pluie se fit plus insistante, Mark décida qu'il était temps de repartir. Selon la carte, la Playa del Oro n'était plus très loin.

La route poussiéreuse prit des allures de montagnes russes; descentes, remontées… pentes descendantes plus accentuées et puis… pentes remontantes plus à pic. Ils atteignirent finalement un plateau d'où on pouvait voir toute la partie sud de l'île.

Geneviève descendit de la moto et avança rapidement jusqu'au bord de l'escarpement. Elle remarqua la rougeur du sol sous ses pieds et se rendit compte que de nombreux sentiers aménagés parmi une végétation luxuriante et sauvage menaient jusqu'à une plage de sable doré bordée de palmiers.

— Voilà qui est mieux, dit-elle en soupirant.

Mark vint à ses côtés et admira la vue.

— Playa del Oro, expliqua-t-il, ce qui veut dire «plage dorée». Elle porte bien son nom!

Il pleuvait à verse à présent et Mark suggéra d'emprunter le sentier le plus près pour descendre jusqu'à la plage.

— Si le barman disait vrai, il y a des grottes en bas. Nous pourrons nous y réfugier en cas de tempête.

Après avoir amorcé leur descente (qui se révéla ardue) avec la motocyclette et tout leur bagage, Mark se demanda s'ils ne commettaient pas une erreur. La pluie tombait à torrent et le ciel noir, mauve et vert, avait l'air de plus en plus menaçant. La poussière s'était transformée en boue et chaque pas devenait de plus en plus difficile à franchir.

— Je crois que nous devrions remonter, s'inquiéta Geneviève.

— Ne sois pas ridicule! jeta Mark d'un ton coléreux.

Il n'était pas en colère contre Geneviève, mais contre lui-même se sentant coupable de l'avoir entraînée dans une telle mésaventure. Il lui montra la pente du doigt.

— Vas-y, toi! Remonte-la toi-même là-haut, la mobylette, si tu es si bonne!

Et quand il vit l'expression horrifiée de Geneviève, quand il vit ses cheveux défaits, son t-shirt trempé et la pluie qui roulait sur son nez, il lâcha la moto. Il alla prendre Geneviève dans ses bras, et la serra contre sa poitrine nue.

— Je m'excuse, dit-il. Tout est ma faute. J'ai été stupide. Nous aurions dû rester et nous réfugier là-haut; sous les arbres.

— Ça va, répliqua-t-elle d'une petite voix.

Elle trembla de tout son corps et se blottit plus près de lui. Elle se sentit plus en sécurité au fur et à mesure qu'il resserra son étreinte. Elle inclina lentement la tête vers l'arrière et le regarda dans les yeux.

— Mark, tu ne crois pas que tu devrais enfiler un t-shirt? suggéra-t-elle en souriant. Je sais que tu crois ressembler à Tarzan... mais franchement... tu es trempé jusqu'aux os.

— Moi, trempé?

Il éclata de rire et la serra à nouveau contre lui. Il lui embrassa l'oreille et se mit à lui murmurer tendrement:

— Moi Tarzan, toi Jane.

Elle se leva sur la pointe des pieds et lui répondit en murmurant aussi:

— Toi Tarzan, moi Geneviève. Et partons d'ici avant d'attraper une pneumonie.

Il empoigna la mobylette et courut dans le sentier en hurlant comme l'homme-singe. Ses cris allèrent se perdre sous la pluie… et dans le vent qui commençait maintenant à souffler.

Ils étaient épuisés lorsqu'ils atteignirent la plage. Le vent y était plus cinglant et la pluie plus violente. Ils roulèrent la moto sur le sable maintenant d'un orange brûlé et ils furent saisis d'horreur lorsqu'un éclair en zigzag déchira le ciel pour venir s'écraser à quelques mètres d'eux. Le tonnerre gronda et ils coururent aussi vite qu'ils le purent. Des éclairs en nappes et d'autres en zigzag balayaient le ciel et éclairaient la falaise rouge dressée au bout de la plage.

— La falaise! Elle est remplie de grottes! dit Geneviève en sursautant.

— Monte sur la moto! s'écria Mark qui espérait défier les forces de la nature.

Ils roulèrent à toute allure sur la plage, malgré le sable qui se durcissait sous la pluie.

De près, la falaise avait une apparence de fromage de gruyère. La première grotte paraissait être la plus grande du réseau. Ils y cachèrent la mobylette en l'appuyant contre un mur, puis ils s'assirent et ils admirèrent en silence le ciel noir et la mer déchaînée. Des éclairs traversaient le ciel à chaque seconde.

Geneviève se mit à trembler et elle sortit sa serviette de plage de son fourre-tout.

— Tu devrais te changer, suggéra Mark. Tu ne peux pas rester comme ça.

Il regarda la plage et le sable se rider, se craqueler pour être finalement emporté par la pluie. Geneviève prit son sac et alla se changer dans le fond de la grotte. Elle passa son haut de bikini et son jean, puis décida d'enfiler son coupe-vent.

— Voilà qui est mieux, dit-elle quand elle vint se rasseoir. C'est à ton tour, Tarzan.

Il pouffa de rire, lui embrassa la joue et s'avança jusqu'à son sac.

— Tu me promets de ne pas regarder?

— Je te le promets, répondit-elle en riant.

Il enfila un t-shirt sec et un jean. Il retourna s'asseoir pieds nus à côté de Geneviève et il l'enlaça.

— Ça va?

— Ça va. Je suis un peu inquiète... mais ça va.

— Et qu'est-ce qui t'inquiète? demanda-t-il, surpris. Tu es en compagnie de Tarzan. Que te faut-il de plus?

Elle était effrayée à l'idée de ce qu'elle allait répondre et elle craignait de paraître idiote.

— As-tu remarqué qu'il y a une grotte au-dessus de celle-ci? chuchota-t-elle. Une grotte plus petite?

— Ne me dis pas que tu veux déjà déménager?

— Il y a une échelle en corde qui y est suspendue.

Il resta muet comme une carpe pendant un moment.

Puis il parla, d'une voix très douce.

— Je sais. Je l'ai vue.

— Crois-tu qu'il y a quelqu'un là-haut?

Il haussa les épaules.

— Qui sait? Mais s'ils s'avisent de faire jouer leur poste de télé trop fort, nous cognerons au plafond avec un balai.

Il avait voulu se montrer rassurant, calmer ses craintes avec bonne humeur. Mais quand Geneviève se tourna pour le regarder en face et qu'un éclair illumina l'intérieur de la grotte, elle vit que Mark était terrifié.

— Ce sont ces hommes, n'est-ce pas? murmura-t-elle. Ce sont Dent-en-or et son ami, les trafiquants de drogue.

11

Curieusement, Marie-Josée s'était sentie seule depuis le départ de Geneviève, même si depuis leur arrivée, elles avaient passé beaucoup de temps chacune de leur côté. Mais alors, Geneviève était à l'hôtel… Marie-Josée pouvait partager ses secrets avec elle, lui en parler pendant qu'elles prenaient le petit déjeuner. Souvent, elles avaient décidé ensemble des vêtements qu'elles porteraient pour leurs sorties et souvent, elles avaient bavardé sur de petits riens.

Laurent déroula le tapis rouge pour Marie-Josée après sa conversation téléphonique avec Geneviève. Il l'emmena au Happy Lobster, un restaurant situé aux limites de Santiago. Il fut content d'avoir emporté sa carte de crédit avec lui lorsqu'il vit les prix du menu de ce restaurant fréquenté par des propriétaires d'hôtels et de riches touristes.

Marie-Josée laissa le garçon déplier et placer une serviette de table sur ses genoux pendant qu'elle scrutait la salle dans l'espoir d'y repérer des gens célèbres. Où étaient Joan Collins et la princesse Diana?

Laurent promenait lui aussi son regard sur la

salle, lorsque ses yeux tombèrent sur une fille aux cheveux châtains et aux yeux verts, il fut sidéré. Marie-Josée essaya d'en rire en lui rappelant qu'il était accompagné. Mais l'humour dont elle faisait preuve servait en fait à dissumuler la jalousie qui soudain l'assaillait. Elle n'appréciait pas la sensation étrange qu'elle éprouvait et pour la première fois de sa vie, Marie-Josée comprenait pourquoi certaines filles de son école s'emportaient s'il leur arrivait de découvrir que leur petit ami fréquentait d'autres filles.

En route vers l'hôtel, elle le questionna sur un ton léger et enjoué; elle ne voulait pas qu'il se rende compte qu'il l'avait vexée.

— Qu'est-ce qu'elle avait que je n'ai pas? demanda-t-elle, blottie contre lui.

— Des yeux verts… répondit-il avec un demi-sourire, …une peau aussi douce que de la soie… une silhouette parfaite. À côté d'elle, Minette ressemble à Ginette Reno.

— Eh bien, tu aurais peut-être dû me laisser tomber et l'inviter à sortir.

Marie-Josée… aucune autre fille ne lui arrivait à la cheville, elle était la femme la plus pétillante qu'il avait rencontré… la belle du restaurant n'avait rien d'extraordinaire à côté d'elle. Mais il savait que s'il lui avouait tout cela, Marie-Josée ne ferait de lui qu'une bouchée.

— As-tu vu la quantité de champagne qu'elle a bu? Je n'aurais pas les moyens de sortir avec elle.

— Et tu as les moyens de sortir avec moi?

Marie-Josée ne souriait pas du tout.

— Pour le moment.

Le taxi s'immobilisa devant le Maritimo et

Marie-Josée descendit. Laurent resta assis.

— Tu ne viens pas prendre un dernier verre au bar? demanda-t-elle, convaincue qu'il la faisait languir.

— Non, je ne pense pas.

— Mais ta Jeep est ici, protesta Marie-Josée, hébétée. Tu ne vas pas la laisser là?

— Ça ne serait pas prudent de conduire. J'ai beaucoup trop bu. Je viendrai la chercher dans la matinée.

Il sortit du taxi, l'embrassa furtivement sur la joue, puis remonta dans la voiture.

— À demain, dit-il. J'arriverai vers dix heures.

Elle regarda le taxi s'éloigner en se demandant ce qu'elle avait fait de mal. Et tout à coup, elle comprit qu'elle le désirait. Laurent était plus qu'un amour de vacances. Elle posa sa main sur son cœur et le sentit battre à tout rompre. Puis elle sentit un picotement dans ses yeux. Elle allait pleurer.

C'est lui que je veux, pensa-t-elle, c'est vraiment lui. À moins que ce ne soit le champagne qui me monte à la tête. Non, elle savait que le champagne n'y était pour rien. Elle était tombée amoureuse. La sensation l'excita… et l'inquiéta. La panique s'empara bientôt d'elle. Elle s'était éprise de lui au moment où il se montrait plus indépendant. Comment alimenterait-elle son intérêt? Elle devrait être rusée.

Laurent se cala dans la banquette et soupira profondément. Il avait failli succomber à la tentation et entrer dans l'hôtel avec Marie-Josée. Il aurait voulu lui avouer à quel point il l'aimait. Il aurait voulu la tenir dans ses bras, l'embrasser et lui demander ce qu'elle éprouvait pour lui. Mais il

115

se rappela l'épisode avec Hugo Lemay. Il savait qu'il devait garder ses distances. S'il se montrait trop vulnérable, il la perdrait. Et cela serait insoutenable.

Geneviève se réveilla dans les bras de Mark qui la regardait. D'abord, elle fut surprise de s'être endormie malgré son anxiété puis, elle eut peur de ne pas être belle pendant son sommeil. Personne ne lui en avait fait la remarque auparavant, mais il est vrai que personne n'avait jamais dormi aussi près d'elle. Et si elle ressemblait à son père, qui s'endormait toujours devant le téléviseur, la bouche ouverte, le visage tordu par la pression de son poignet sous son menton? Si tel était le cas, elle pouvait s'attendre à ce que Mark se ravise.

— Bonjour, ma belle, dit-il d'une voix rauque, les yeux à demi fermés.

Il l'embrassa sur le bout du nez et elle comprit qu'elle s'était inquiétée pour rien.

— Tu dormais comme un bébé, ajouta-t-il.

Elle essaya de se dégager de lui en douceur, embarrassée de s'être abandonnée dans ses bras, sans même le savoir. *Il* avait dû se blottir contre *elle* durant la nuit. Elle ne se souvenait de rien.

— Où penses-tu aller, comme ça? demanda Mark en la gardant prisonnière dans ses bras. Ne bouge pas, dit-il sur un ton plaintif. Je suis tellement bien. Ta peau est si douce et si chaude.

Il lui donna un baiser sur le front.

— Ça fait combien de temps que je suis comme ça? demanda Geneviève qui savourait maintenant son étreinte.

— Tu veux dire, depuis combien de temps es-tu blottie dans mes bras?

— Oui.

— Toute la nuit, mentit-il en souriant. Tu étais impatiente de te coller contre moi.

Elle savait qu'il mentait. Elle l'avait regardé dormir à trois heures du matin. Elle consulta sa montre: il n'était que six heures. Il la serra si fort dans ses bras qu'elle savait qu'elle ne pourrait lui échapper. Pourtant, il aurait fallu qu'elle essaie… mais elle ne le voulait pas.

— De toute façon je crois que je suis incapable de bouger, dit-il. Je suis plein de courbatures.

— Moi aussi. On ne peut pas dire que nous ayons dormi dans le lit le plus confortable au monde, hein?

Ils creusèrent le sol avec leurs doigts et réussirent, non sans peine, à se construire un oreiller de sable.

— J'ai mal au dos et au cou, gémit-il. Et à mon épaule droite, à ma jambe, à ma cheville, à mon poignet, et…

— Tais-toi! dit-elle en riant. Couche-toi et écoute.

Les vagues venaient mourir sur la plage et au loin un goéland criait.

— On dirait que nous sommes seuls au monde, hein? dit Mark. Toi et moi sur une île déserte. *Le lagon bleu* réinventé.

Il soupira exagérément.

— Il n'y a que toi et moi, petite, dit-il en imitant la voix d'Humphrey Bogart, et la mer infinie, le sable sous nos pieds, le ciel au-dessus de nos têtes…

— Arrête ta comédie! lui ordonna-t-elle en rigolant.

Mark avait le ventre qui gargouillait.

— … et rien dans le ventre.

Il s'assit, toujours souriant.

— Hé! petite! Nous devons trouver quelque chose à manger! Sais-tu comment pêcher un poisson?

Il reprit tout à coup son sérieux.

— Oh! mon dos! gémit-il.

À son tour, Geneviève se leva lentement.

— Le mien aussi! J'ai mal en des endroits dont je ne soupçonnais même pas l'existence.

— Le dernier qui arrive dans la mer est une poule mouillée! s'écria Mark.

Il sortit de la grotte en courant. Rêveuse, elle le regarda s'éloigner. Elle comprit alors qu'elle était amoureuse. Son histoire n'avait rien à voir avec celles qu'elle aimait tant lire dans les romans d'amour. Elle vivait un amour bien réel et les émotions qu'elle éprouvait lui paraissaient étranges. Elle ressentait de l'ivresse, mais aussi, du chagrin. Elle comprenait maintenant pourquoi les chanteurs de charme parlaient de douleur dans leurs chansons. Oui, l'amour était douloureux. Et elle souffrait parce qu'elle savait, dans le fond de son cœur, que son histoire se terminerait en même temps que les vacances. Dans quatre jours, elle monterait dans l'avion qui la ramènerait à Montréal, tandis que lui…

Il s'arrêta au bord de l'eau, enleva son t-shirt et son jean et courut dans l'eau en criant comme Tarzan.

Après le petit déjeuner, Marie-Josée retourna dans sa chambre en courant. Elle brossa ses dents et attrapa son sac de plage. Elle sortit de l'hôtel en regardant sa montre. Il était neuf heures quarante-cinq. Laurent arriverait à dix heures et se rendrait compte qu'elle était déjà partie. Il irait s'informer à la réception et on lui ferait le message que Marie-Josée serait de retour dans quelques minutes et qu'elle le priait de l'attendre. Lorsqu'elle reviendrait à dix heures trente et que, jaloux, il lui demanderait où elle était allée, elle aurait la preuve qu'il l'aimait. Et elle aurait gagné la première ronde.

Elle marcha sur la plage, puis s'assit. Elle regarda la mer scintiller et pensa à Geneviève, en espérant que tout se passait bien avec Mark. Elle avait hâte de lui faire part de ses nouveaux sentiments pour Laurent. Maintenant plus que jamais, elle avait besoin des conseils de Geneviève. Elle aurait aimé lui parler à ce moment précis.

Elle jeta encore un coup d'œil à sa montre et, voyant qu'il était dix heures vingt, elle décida de marcher lentement vers l'hôtel. Dès qu'elle verrait Laurent, elle lui dirait qu'elle était désolée de n'avoir pas vu le temps passer.

Elle entra dans l'hôtel à dix heures vingt et fut horrifiée de voir que Laurent n'y était pas. Comme la veille, son cœur battit la chamade. Était-il venu… puis reparti parce qu'elle n'était pas là? Ou avait-il un autre rendez-vous? Elle allait s'informer à la réception quand Laurent entra en marchant nonchalamment, avec un grand sourire sur les lèvres.

— Je m'excuse, Marie-Josée, j'avais perdu la notion du temps. J'étais au téléphone avec Saint-Jérôme.

— Ton ex-femme? demanda-t-elle en s'avançant vers lui.

— Non! répondit-il en riant.

Elle attendait qu'il lui explique, mais il n'en fit rien.

— Prête? J'ai pensé que nous pourrions aller sur une autre plage aujourd'hui. J'ai une carte géographique de l'île et il y a quelqu'un à l'hôtel qui m'a dit que la plage Las Dunas est sensationnelle.

— Et si j'avais envie de rester ici? demanda-t-elle pour le tester.

— Alors j'irais seul, répondit-il pour la sonder à son tour.

Marie-Josée lui adressa un sourire.

— Je vais avec toi.

Ils n'eurent aucun mal à trouver la plage. D'ailleurs, la douzaine de voitures garées dans une allée poussiéreuse témoignait de sa popularité.

— Il y aura probablement trop de monde, dit Laurent. Si tel est le cas, nous ne resterons pas.

Ils marchèrent le long du sentier, gravirent des dunes et se retrouvèrent face à une plage bordée de palmiers. Il n'y avait pas trop de touristes.

Il y avait une petite hutte en bambou où on pouvait commander à boire et à manger ou encore, se protéger des rayons du soleil.

— Ça te va? demanda Laurent.

— C'est super!

Ils s'étendirent sur le ventre sur un matelas en raphia qu'ils avaient couvert de serviettes. Ils sentirent immédiatement le soleil leur brûler les omoplates.

— Nous ne pourrons pas rester ici très longtemps, dit Laurent. Nous allons rôtir sur place.

Marie-Josée plaça la paume de sa main sur le creux de ses reins.

— Tu es déjà en train de brûler, dit-elle.

Il soupira.

— C'est bon.

Elle lui caressa délicatement le dos le long de la colonne vertébrale, enivrée par la sensation que lui procurait la peau satinée sous ses doigts.

— Oh, c'est vraiment bon.

Il se retourna sur le côté pour la voir et plongea son regard dans le sien.

— Tu es si belle.

Marie-Josée sentit son cœur se serrer.

— Toi aussi, tu es beau, répliqua-t-elle d'une voix douce.

— Je t'aime, Marie-Josée.

Il avait essayé de se contenir, de ne pas lui avouer son amour, mais il n'avait pas réussi à se contrôler.

— Je t'aime aussi, Laurent.

Interdit, il la dévisagea et osa à peine lui demander de répéter ce qu'elle venait de dire.

— J'ai dit que je t'aimais. Je suis sincère, Laurent.

Il s'allongea sur elle et posa un baiser passionné sur ses lèvres ardentes. Il la serra très fort.

Et tandis qu'elle répondait à ses caresses avec ardeur, elle entendit le grondement du tonnerre. Un grondement distant, mais qui se rapprochait rapidement.

Le ciel bleu devint subitement gris, puis noir, et la pluie se mit à tomber.

Marie-Josée et Laurent bondirent sur leurs pieds, attrapèrent leurs serviettes, le matelas et leurs sacs de plage et coururent se réfugier sous la hutte où des douzaines d'amoureux du soleil vinrent s'entasser.

Mark sortit de l'eau sous le regard attentif de Geneviève et alla rassembler ses vêtements éparpillés pour aller les replacer dans son sac de voyage resté dans la grotte. Il s'arrêta net à l'entrée.

— Qu'est-ce qu'il y a? demanda Geneviève lorsquu'elle arriva à côté de lui.

On y avait placé des brindilles, une longue broche en métal avec une poignée en bois, deux poissons et une bouteille d'eau.

— On dirait bien que nos voisins nous ont apporté à déjeuner, répliqua Mark.

Geneviève leva les yeux vers la grotte où, elle en était certaine, les trafiquants se cachaient.

— Ils ne doivent pas être si terribles alors.

Elle s'agenouilla sur le sable et examina les brindilles.

— Ils nous ont même laissé une boîte d'allumettes, dit-elle.

— Remercions-en le ciel! dit Mark en riant. Si nous avions eu à frotter deux pierres ensemble pour faire du feu, nous aurions mangé du poisson cru… ou nous serions restés sur notre faim.

Il s'agenouilla à côté de Geneviève, prit les allumettes de ses mains et alluma le feu, en soufflant sur les étincelles jusqu'à ce qu'elles s'enflamment.

Geneviève but un coup à même la bouteille.

— J'espère qu'ils n'ont pas mis de la drogue dans l'eau, dit-elle à la blague. Nous pourrions très bien nous réveiller dans quelques heures et nous apercevoir que nous sommes dans un marché d'esclaves sur le point d'être vendus au plus offrant.

Mark releva un sourcil.

— Tu deviens pire que moi, dit-il avec le plus grand sérieux.

Il lui prit la bouteille des mains et avala la moitié de son contenu d'un seul trait.

— C'est quand même gentil, non? Je me demande pourquoi ils ne sont pas venus nous porter tout ça eux-mêmes.

— Le poisson est peut-être empoisonné…

— …et ils vont nous attacher sur un bloc de pierre, continua Mark. Ils nous arrachont le cœur et nous offriront en sacrifice à leurs dieux

— Ou peut-être qu'ils nous embrocheront comme ces poissons et nous feront cuire lentement au-dessus du feu, dit-elle, le souffle coupé. Ce sont probablement des cannibales!

Mark se gonfla la poitrine pour tenter d'imiter Sylvester Stallone.

— Ils ne me mangeront pas. Je suis trop dur. Mais toi, bébé, tu es tendre.

Geneviève partit d'un rire perçant, mais s'arrêta net lorsque Mark glapit de douleur parce qu'il venait de se brûler le bout des doigts sur la brochette rougie par le feu.

— Ça va? demanda-t-elle, inquiète.

Il prit la brochette de son autre main et étendit ses doigts blessés dans un geste pathétique.

— Tu devrais «becquer bobo», dit-il en imitant la voix d'un enfant.

Elle ne se fit pas prier davantage. Elle embrassa le bout de ses doigts avec amour. Il se pencha et l'embrassa tendrement. Le baiser sembla s'éterniser, devenant de plus en plus passionné. Mark s'écarta tout à coup.

— Mmm, tu m'as ouvert l'appétit. Mangeons!

Il retira le poisson de la brochette et le tendit à Geneviève.

— Pas d'assiettes, pas de serviettes. Le service laisse à désirer de nos jours!

Geneviève passa le poisson d'une main à l'autre pour éviter de se brûler et souffla dessus pour le refroidir.

— Il a encore sa tête! grimaça-t-elle en regardant la petite créature dont les yeux exorbités l'effrayèrent. J'ai horreur de manger du poisson quand la tête n'a pas été enlevée.

— J'imagine qu'ils pensent la même chose à ton sujet, dit-il avant de prendre une gigantesque bouchée et que de l'huile roule sur son menton. Mmm, c'est très bon. C'est encore mieux que de manger des céréales au petit déjeuner.

Ils restèrent silencieux durant le reste du repas, puis Geneviève donna ses restes à Mark.

— D'accord, dit-il. Et maintenant, nous faisons la vaisselle?

Geneviève éclata de rire et se rallongea sur le sable. Le feu agonisait et Mark éteignit les derniers tisons en y jetant du sable. Puis il s'étendit à côté de Geneviève.

— Je me demande dans quel état est la route, dit-il. Je me demande d'ailleurs si après toute cette pluie, la route existe encore.

— C'est probablement une rivière à présent.

— Ne ris pas, tu pourrais bien avoir raison. Et si tu as raison, ça veut dire que nous ne pourrons pas nous en aller.

Cette idée l'excitait.

— Et nous serons prisonniers à jamais?

— Et pour toujours, amen.

Il se leva.

— Je ferais mieux d'aller constater les dégâts.

— J'y vais avec toi.

— Non, toi, tu restes ici. Je n'en ai que pour une minute.

Il courut sur la plage et grimpa le sentier qu'ils avaient emprunté durant la tempête. Elle le regarda s'éloigner, puis disparaître. Soupirant de contentement, elle s'étendit sur le sable et ferma les yeux.

Les serveurs se précipitaient de tous côtés, bougeant les tables et les chaises là où la pluie dégoulinait à travers le toit de paille. Les vacanciers aux corps enduits de crème solaire commençaient à trembler de froid. La plupart fouillaient dans leurs sacs espérant y trouver des chemises et des blouses.

— Quand on pense qu'il y a une demi-heure à peine nous prenions un bain de soleil… dit Marie-Josée.

Ils regardèrent les éclairs qui tombaient sur la mer et attendirent chaque fois le coup de tonnerre inévitable.

— J'espère que la foudre ne tombera pas dans la hutte, dit Laurent qui paraissait extrêmement inquiet. Nous mourrions sur le champ.

— Et si on courait jusqu'à la Jeep? suggéra Marie-Josée. Nous ne pouvons être plus mouillés que nous ne le sommes déjà.

— Tu paries? fit Laurent en riant.

Soudain, un serveur poussa un cri d'horreur et une jeune femme l'imita: une partie de toit venait de s'effondrer, déversant ainsi des torrents d'eau.

— Mourir frappée par la foudre ou mourir noyée? Qu'est-ce que tu préfères? demanda Laurent.

— Ni l'un ni l'autre, merci.

— Alors, allons-nous-en!

Il se précipita hors de la hutte, suivi de près par Marie-Josée.

Ils coururent en lâchant des cris d'effroi sous les regards attentifs des serveurs et d'autres vacanciers. Quelques-uns décidèrent de les suivre. Certains restèrent pelotonnés à d'autres tandis qu'ils cherchaient un coin sec sous la hutte.

— Ils ne pourront jamais faire démarrer leur voiture, dit l'un d'eux qui semblait savoir de quoi il parlait. Ils auraient dû rester. Ça ne durera pas longtemps.

Geneviève se réveilla deux heures plus tard et même si elle n'avait pas sa montre, elle sut qu'elle avait dormi plus de cinq minutes. Elle chercha Mark du regard et s'inquiéta lorsqu'elle comprit qu'il n'était pas revenu. Elle courut jusqu'à la grotte, enfila ses vêtements secs, consulta sa montre et se précipita sur la plage en direction du sentier, et suivre les pas de Mark.

Toussant et suant, elle atteignit le sommet et constata avec horreur que sa blague était devenue réalité. La route s'était transformée en rivière et elle-même semblait être sortie de son lit. Il était impossible que l'eau s'évapore ou qu'elle aille se jeter dans la mer. Il faudrait des heures, peut-être même des jours, de soleil pour que tout s'assèche. Et si jamais une autre tempête menaçait, Geneviève craignait que Mark et elle ne puissent jamais quitter cette île. Sans embarcation, il serait impossible de voyager, à moins de nager jusqu'au quai de l'île. Mais il y avait les bagages et la mobylette. Rentrer à la nage était donc impossible. Elle se demanda si l'autre rive offrait un passage.

Et elle comprit que Mark avait songé à la même chose et qu'il avait traversé la rivière. Mais pourquoi n'était-il pas revenu?

Sans penser au danger ou au fait qu'elle était complètement habillée, elle plongea dans la rivière et la traversa, se hissant avec difficulté sur l'autre rive. Son cœur se mit à battre à tout rompre, lorsque, dans un état de panique, elle songea au pire: et si Mark avait été blessé? S'était-il perdu? Serait-elle condamnée à rester sur cette île sans lui et ce, pour toujours? Et que ferait-elle de ces trafiquants? Ou même, que feraient d'elle ces trafiquants. Jeune fille seule, à des kilomètres de toute civilisation, elle représentait une proie facile.

Elle s'avança dans le bois, repoussant les fougères sur son passage et appelant: «Mark! Mark!». Rien ne laissait penser qu'il était passé par là avant elle. Elle s'enfonça davantage dans la forêt. «Mark! Mark!»

Elle sauta par-dessus un tronc d'arbre renversé et complètement pourri et repoussa une branche dans laquelle elle trébucha. Des grosses larmes lui montèrent aux yeux.

— Mark! cria-t-elle désespérément. Où es-tu?

Elle paralysa sur place lorsqu'un homme apparut devant elle, lui tendit sa main noire en souriant et en montrant sa dent en or. Une corde épaisse était enroulée à son bras.

— *Por aquí!* dit-il. Par ici.

Il voulait qu'elle prenne sa main. Elle refusa. Elle était convaincue qu'il s'agissait d'un complot. L'homme avait agressé Mark et s'en prenait maintenant à elle. Il lui tourna le dos et reprit sa marche, en jetant un regard par-dessus son épaule de temps à autres.

— Par ici. Votre ami est bloqué. Je suis allé chercher de la corde.

Elle savait qu'elle n'avait pas d'autre choix que de le suivre.

— Il va bien, dit Dent-en-or. *No problema.*

Ils mirent quinze minutes à parcourir la distance qui les séparait de Mark. Le sentier de broussaille les mena finalement au pied d'un escarpement.

— *Allí!* cria Dent-en-or. Là-haut!

Geneviève leva les yeux et vit Mark, complètement terrifié, suspendu à la falaise.

— Qu'est-ce que tu fais là? cria-t-elle.

— J'ai glissé, répondit-il en criant d'impatience. Qu'est-ce que tu penses que je fais? De l'observation d'oiseaux?

Geneviève voulut suivre Dent-en-or qui avait commencé à escalader la falaise.

— Non! dit-il. Restez là. Je n'ai pas envie d'avoir à secourir deux personnes.

Il gravit rapidement la paroi, comme l'aurait fait une chèvre de montagne, et arriva au sommet. Il lança la corde vers la saillie à laquelle Mark s'était accroché. Ce dernier réussit à attraper la corde.

— Vous n'arriverez jamais à supporter mon poids à vous tout seul, cria Mark.

Dent-en-or sourit tandis que chaque muscle de son corps d'ébène tressaillait.

— *No problema*, cria-t-il à son tour.

Mark noua solidement la corde autour de sa taille nue et Dent-en-or le tira avec une incroyable force jusqu'à ce qu'il soit en sûreté.

Mark dévala la falaise pour aller retrouver Geneviève et, Dent-en-or, souriant plus que jamais, frotta les brûlures laissées par les cordes sur sa taille.

— Comme c'est frustrant, dit-il en la prenant dans ses bras. Je voulais jouer les héros et trouver une façon de nous sortir de là.

— Mais c'est *moi*, le héros, s'esclaffa Dent-en-or.

Geneviève sourit à Mark.

— Lui Tarzan, toi Jane.

— Oh! merci beaucoup! répliqua Mark.

— *Por aquí!* dit Dent-en-or en les guidant parmi les arbres. Par ici!

Ils le suivirent.

Ils se laissèrent lorsqu'ils furent au pied de l'échelle en corde qui montait à la grotte de Dent en or.

— Demain, il sera peut-être possible de bien voyager, dit Dent-en-or. Nous observons *el río* pour voir si l'eau s'évapore.

— Je suppose que cela dépendra de la quantité de soleil que nous aurons aujourd'hui? demanda Mark.

— *Exactamente!* répliqua Dent-en-or avant d'ajouter: *Un momento*.

Il grimpa dans l'échelle jusqu'à sa grotte et quelques minutes plus tard, revint avec un sac d'épicerie: œufs, boîtes de conserve, pommes de terre et eau, cette fois dans un contenant en plastique.

— J'apporte du bois pour le feu et de petites choses pour manger, dit-il.

— *Muchas gracias*, dit Mark avec un sourire.

— Merci, ajouta Geneviève.

12

Geneviève et Mark revinrent de leur baignade matinale et trouvèrent Dent-en-or vêtu d'un jean et d'un chandail blanc, qui les attendait près de leur grotte avec un petit sac d'épicerie et du bois pour faire un feu.

— Vous ne pouvez pas continuer comme ça, dit Mark. Vous aussi devez avoir besoin de provisions. Ce n'est pas comme s'il y avait un dépanneur qui effectuait la livraison d'eau en bouteille dès que nous en avons besoin.

Dent-en-or éclata de rire.

— Nous n'achetons pas l'eau. Nous avons de l'eau fraîche sur La Luna.

— De l'eau fraîche? répéta Mark, surpris. Où ça? Y a-t-il une source?

— Je vous montrerai l'endroit plus tard, dit Dent-en-or.

Il commença à rassembler les brindilles pour faire du feu et prit soin de mettre des bouts de papier sous le tas. Il s'étira pour prendre ses allumettes.

— Nous allons nous ravitailler à Lacruz chaque deux semaines... lorsque la température nous le permet.

— Alors, c'est ce que vous transportiez dans vos sacs lorsque nous nous sommes vus sur le bateau? demanda Geneviève.

— *Sí*, pas de drogues, répondit-il en riant. Du café et d'autres… il chercha le bon mot en anglais… produits comestibles?

— Oui, nous comprenons, répliqua Mark avec un sourire.

Dent-en-or alluma le feu et souffla sur les petites flammes bleues.

— Je vais déjeuner avec vous, dit-il en leur donnant les œufs de son sac. Qui va faire la cuisine?

— Je m'en occupe, dit Mark.

Il alla dans la grotte chercher une poêle à frire et d'autres ustensiles qui appartenaient à Dent-en-or.

Dent-en-or sortit trois petites assiettes et des fourchettes de son sac et les déposa sur le sable. Puis il tendit une main à Geneviève.

— Je suis Fernandez et mon *amigo* s'appelle Pedro.

— Geneviève.

Mark arriva avec la poêle.

— Et moi, Mark.

Mark versa un peu d'huile dans la poêle et cassa les œufs qui commencèrent aussitôt à frire en éclaboussant.

— Pourquoi avez-vous décidé de vivre ici, Fernandez? demanda Geneviève. La vie ne doit pas être facile.

— Pas facile? Non, c'est facile. La vie à Lacruz est beaucoup plus difficile: c'est le travail, le travail et encore le travail.

— Mais comment arrivez-vous à vivre ou à

survivre? demanda Mark.

Fernandez eut soudain un air coupable.

— Je ne survivrais pas sans Pedro, expliqua-t-il. Pedro est très riche.

Geneviève et Mark furent étonnés d'entendre cela. Ils avaient imaginé que les deux hommes rencontrés sur le bateau n'étaient que des vagabonds, condamnés à vivre une existence misérable par manque d'argent.

— Pedro avait beaucoup de terres, poursuivit Fernandez. Il avait des orangers et une grande *hacienda*. Mais il a tout vendu. C'est maintenant devenu El Maritimo.

— Vraiment? fit Jackie, incrédule. C'est là que nous logeons, à l'hôtel Maritimo.

Fernandez Dent-en-or sourit et haussa les épaules.

— Tous les touristes logent au Maritimo.

— Mais Pedro aurait pu acheter plus de terres sur l'île de Lacruz et y vivre dans le luxe, non?

— *Sí*, mais il ne voulait pas. Il aime la vie à la campagne. Lacruz est remplie d'Américains, de Français, d'Allemands et de Canadiens, expliqua-t-il en grimaçant. *No me gusta*. Je n'aime pas. Lacruz a besoin des touristes. Les habitants vivent mieux, mais ils sont réduits à l'esclavage à cause des touristes. Mon île n'est plus la même. Et maintenant, je préfère vivre ici. La femme de Pedro préfère Lacruz. Elle y est restée. Ils se sont beaucoup disputés.

— Et où est Pedro en ce moment? demanda Geneviève. Il ne vient pas déjeuner avec nous?

— Il travaille. Nous irons le voir après avoir mangé nos œufs… il regarda la poêle à frire, …ils sont cuits.

Mark retira la poêle du feu et déposa les œufs dans les assiettes en métal.

— Je vous emmènerai voir Pedro, dit Fernandez en prenant une fourchette. Mais mangeons avant, hein?

Ils suivirent Fernandez sur la plage, puis empruntèrent le sentier qui menait à la route inondée. Mark remarqua que le niveau d'eau commençait à baisser.

— Encore une journée, dit Fernandez. Après, ce sera sec.

— À moins que nous ayons une nouvelle tempête, dit Mark.

Fernandez acquiesça de la tête.

— *Correcto*.

Ils prirent un nouveau sentier et Fernandez commença bientôt à escalader un escarpement en s'assurant à tout moment que Mark et Geneviève le suivaient bel et bien. La pente était raide pour atteindre le plateau situé à une trentaine de mètres au-dessus d'eux. Lorsqu'ils furent au sommet, ils regardèrent la forêt tropicale qui s'étendait à leurs pieds. Ils virent tout à coup de la fumée, puis la silhouette minuscule d'un homme noir qui ne portait pas de vêtements.

— Pedro ne parle pas anglais, expliqua Fernandez alors qu'ils avançaient vers le feu. Et il est très *tímido*.

— Timide, le corrigea Mark.

— *Sí*, Pedro est très timide.

Pedro les vit s'approcher et se rua sur ses vêtements. Il sauta dans un jean usé.

Fernandez courut vers lui.

— Je vais expliquer à Pedro qui vous êtes,

s'écria-t-il en se retournant.

Lorsqu'ils arrivèrent près du feu, Pedro leur sourit furtivement et inclina la tête rapidement avant de tourner les talons et d'aller reprendre son travail.

— Il est très timide, répéta Fernandez comme s'il tenait à s'excuser pour le comportement de son ami.

Une grande portion du terrain avait été défrichée pour être cultivée. Une variété de plantes inconnues de Mark et de Geneviève y poussait.

— Nous avons assez de légumes pour nous nourrir, expliqua Fernandez. Il y a un cours d'eau *allí*, dit-il en pointant devant lui. Il y a assez d'eau fraîche pour remplir nos bouteilles chaque jour. Et nous avons le poisson de la mer.

Il sourit.

— Et bien sûr, du café, des œufs et des conserves provenant de Lacruz.

— Je suppose que vous échangez les légumes dont vous n'avez pas besoin contre des œufs et d'autres choses dont vous pourriez avoir besoin? demanda naïvement Geneviève.

Fernandez pleura de rire.

— *No!* Pedro prend de l'argent à la banque et achète tout.

Il vit que Geneviève était déçue d'entendre cela.

— Pourquoi se rendre la vie difficile? dit-il en secouant la tête.

Ils avancèrent plus avant dans le champ où de minuscules tiges vertes commençaient à sortir du sol.

— Qu'est-ce que c'est? demanda Mark. Des

pommes de terre?

— Je ne sais pas, répondit Fernandez en souriant. Je ne connais rien aux légumes. Mon travail consiste à pêcher et à cuisiner. Et bientôt nous élèverons des poules pour avoir des œufs frais tous les matins et de la viande fraîche. — Il regarda Geneviève. — Je ne tue pas les poulets. Pedro fait ça. Je n'aime pas tuer quoi que ce soit. Même tuer des poissons, je n'aime pas ça.

Après la visite guidée des champs, Fernandez alla s'entretenir à voix basse avec Pedro qui regarda ses invités en faisant des signes de tête avec amabilité. Ils quittèrent ensuite le cultivateur timide et le laissèrent poursuivre son travail pendant qu'ils retournaient sur la plage pour ranger les effets de leur petit déjeuner.

Geneviève et Mark empruntèrent les tubas de Fernandez et de Pedro et allèrent faire de la plongée sous-marine. Sous l'eau, ils contournèrent un rocher. L'eau était assez profonde à cet endroit pour qu'ils puissent nager et observer des poissons multicolores aux formes plus différentes les unes que les autres. Ce qu'ils virent les étonna.

Nageant en petit chien avec la tête à peine rentrée sous l'eau, Geneviève remarqua un petit trou dans le rocher et s'en approcha. Un poisson à l'air triste, la bouche ouverte, la regardait de ses yeux exorbités en ayant l'air de lui dire, «Va-t'en, je veux être seul». Geneviève était sur le point de le laisser tranquille quand elle sentit un effleurement sur sa jambe. Elle faillit avaler de l'eau sous l'effet de la surprise et elle se retourna rapidement pour voir ce que c'était. Mark faisait courir ses doigts sur sa jambe en lui souriant. Il enleva son tuba et lui commanda de faire de même. Puis il la prit dans ses bras et l'embrassa.

Fernandez était juché sur un rocher non loin de là et pêchait. Il regarda les amoureux sortir de l'eau lentement avec leur tubas pendants, puis se perdre dans d'immenses caresses. Ils l'entendirent éclater de rire et Geneviève relâcha son étreinte, embarrassée.

— Désolé! cria Fernandez en se couvrant joyeusement les yeux d'une main. Je ne vous vois plus. Je ne suis pas là, dit-il en riant de nouveau.

— Trop tard, Fernandez, dit Geneviève en riant à son tour. Vous avez gâché le moment.

— Ah, soupira-t-il. L'amour véritable ne peut être gâché aussi facilement.

Les joues de Geneviève s'empourprèrent et elle espéra que Mark n'avait rien remarqué. Elle espéra qu'il n'avait pas entendu non plus ce que Fernandez venait de dire. Les mots «amour véritable», elle en était certaine, ne feraient que l'éloigner d'elle puisqu'il ne s'agissait que d'un amour de vacances. Mark l'enlaça par la taille et ils avancèrent lentement vers la plage.

— Beaucoup de poissons? leur demanda Fernandez en criant.

— Beaucoup! s'écria Geneviève. Et ils sont si beaux.

— Bons à manger aussi, dit Fernandez en s'esclaffant alors qu'il sortait sa canne à pêche de l'eau et que, déçu, il constatait qu'aucun poisson n'avait mordu.

Il la relança aussitôt.

—As-tu entendu ce qu'il a dit? demanda Mark à Geneviève pendant qu'ils se dirigeaient vers le tas de bois brûlé sur la plage. Amour véritable…

Geneviève ne savait pas si Mark se mettrait à rire. Elle se demandait comment elle réagirait s'il tournait le commentaire à la blague. Elle s'empressa de lui couper l'herbe sous le pied.

— Il a dit ça? Que dirais-tu de faire un nouveau feu pour se préparer une tasse de café.

Un cri venant du sentier les saisit.

— Gumbo! Gumbo!

Ils levèrent les yeux pour voir Pedro qui courait sur la plage avec un légume dans les mains.

On aurait dit qu'il était devenu fou.

— Gumbo! Gumbo!

Fernandez installa la canne à pêche dans une fente du rocher et courut vers son ami. Ils examinèrent le légume tous les deux puis se firent une accolade en dansant en cercle et en criant «Gumbo! Gumbo!»

Geneviève et Mark s'élancèrent vers eux.

— *El gumbo!* expliqua Fernandez. Nous essayons de faire pousser le gumbo ici mais ce n'est pas facile parce que la terre n'est pas bonne pour le gumbo. Mais regardez!

Il saisit l'okra des mains de Pedro et le leur montra.

— Nous avons réussi!

— C'est probablement à cause de la fiesta, dit Mark pour blaguer. *La Fiesta de Los Gumbos*.

— *Sí… sí… sí*, répliqua Fernandez le plus sérieusement du monde.

— *Sí! La Fiesta de Los Gumbos!* agréa Pedro.

Les deux hommes s'embrassèrent.

Puis Pedro prit l'okra et, criant de joie, il reprit le sentier qui le mènerait à son champ.

Geneviève prépara du café puis rentra dans la grotte chercher sa crème solaire. Depuis qu'elle était en vacances, elle avait bien pris soin de sa peau. Et pour la première fois depuis son arrivée à La Luna, elle sentait le soleil la brûler. Elle devrait utiliser la crème qui restait avec parcimonie.

Fernandez et Mark sirotaient leur café, tandis que Geneviève serrait la bouteille de crème.

— Oh! fit-elle.

La bouteille lâcha une bouffée d'air alors que Geneviève tentait à nouveau d'obtenir quelques gouttes de crème.

— Voilà, il n'y en a plus. Il ne me reste plus qu'à aller m'enfermer dans la grotte.

— Tu n'as pas besoin d'huile! lui dit Fernandez.

— *Vous* peut-être pas, mais moi si. Je vais rôtir si je ne me protège pas.

— Moi aussi, le soleil brûle ma peau, dit Fernandez. Mais si le soleil est vraiment chaud, j'utilise la terre rouge.

Il la prit par la main et l'entraîna dans la grotte.

— Je vais te montrer.

Mark les suivit.

Fernandez frotta ses mains contre la paroi de la grotte. Puis il étendit la poussière ainsi produite sur ses joues. Il avait une drôle d'allure avec son visage rouge et son corps noir.

— C'est bon pour la peau, dit-il en continuant d'enduire sa peau de poussière rouge. Faites comme moi, et vous ne brûlerez pas.

Geneviève hésitait. Elle savait qu'elle avait besoin de se protéger la peau, mais elle préférait rester dans l'ombre plutôt que d'avoir l'air aussi peu attirante que Fernandez en ce moment. Que dirait Mark s'il la voyait aussi rouge qu'un homard bouilli? Il n'aurait certainement plus envie d'elle.

Elle se sentit soulagée lorsque Mark s'avançant d'un pas se frotta ses mains contre la paroi et commença à étendre la poussière sur son visage. Geneviève l'imita immédiatement. Ils rirent comme des enfants pendant qu'ils se couvraient mutuellement le dos de poussière; lorsqu'ils eurent terminé, chaque centimètre de peau était protégé des rayons du soleil.

Fernandez retourna pêcher en leur promettant une prise spéciale pour le dîner. Geneviève et Mark, eux, s'allongèrent sur le sable, dans les bras l'un de l'autre.

— Tu es plus belle que jamais, dit Mark en souriant. J'ai toujours raffolé des tomates!

Geneviève lui asséna un coup de poing.

Le trajet de retour de Las Dunas se fit dans des conditions terriblement mauvaises, car Laurent devait éviter les éboulements, les routes inondées et même un éclatement de tuyaux dans les rues de Santiago. Pendant tout le trajet, la pluie tomba dru, réduisant par le fait même la visibilité.

Ils arrivèrent finalement à l'hôtel et, toujours en maillot de bain, traversèrent le stationnement en courant pour aller se réfugier dans l'hôtel. Plusieurs vacanciers surpris par la tempête et s'étaient rassemblés dans le hall d'entrée, certains avec une serviette sur la tête. Tous se plaignaient du temps qu'il faisait dans les Antilles sensées être ensoleillées.

Marie-Josée attendait que le réceptionniste lui remette la clé de sa chambre lorsque Philippe

Théroux arriva à côté d'elle.

— Tu arrives de la baignade?

— Très drôle, lui répondit-elle en souriant bien qu'elle soit trempée de la tête aux pieds.

— Allons boire un café dans la salle à manger, d'accord? suggéra Philippe. Allez vous changer et revenez me voir. J'ai à vous parler.

— C'est à propos de Geneviève, n'est-ce pas? dit Marie-Josée, inquiète. Qu'est-ce qu'il y a?

— Rien de grave, répondit Philippe. Venez me rejoindre dès que vous serez prêt.

Il entra dans la salle à manger tandis que Marie-Josée recevait sa clé.

— J'étais un peu inquiet parce que Mark ne m'a pas donné de nouvelles hier soir, expliqua-t-il. Je l'attendais, mais quand j'ai vu qu'il ne rentrait pas, j'ai pensé qu'il me donnerait au moins un signe de vie. En tout cas, pour faire une histoire courte, j'ai téléphoné aux autorités du port de San Luis et on m'a informé que La Luna, l'île où ils se sont rendus, est coupée du monde à cause d'une tempête.

— Coupée du monde? dit Marie-Josée, drôlement inquiète. Tu veux dire qu'ils sont bloqués sur l'île?

— Il semble bien que oui.

— Mais pour combien de temps? demanda Laurent. Les filles doivent rentrer chez elles dimanche prochain.

Marie-Josée trembla. Elle ne voulait pas qu'on lui rappelle que dans trois jours, elle prendrait l'avion qui la ramènerait à Montréal.

— Je n'en ai pas la moindre idée, dit Philippe en haussant les épaules. J'ai téléphoné au port ce matin encore et il semble que la tempête soit passée… mais qu'il y en ait une autre qui se prépare!

Geneviève avait sombré dans un profond sommeil. Elle se sentait parfaitement en sécurité et plus heureuse que jamais auparavant. Lorsqu'elle se réveilla, elle vit Mark sur le bord de l'eau. Son corps était maintenant couvert de marques blanches partout où la poussière avait disparu à cause de la sueur. Il tenait la bouteille de crème solaire vide dans sa main. Elle s'approcha de lui sans faire de bruit, le regarda visser le capuchon sur la bouteille avant qu'il ne la lance à la mer.

— Qu'est-ce que tu fais?

Il sursauta et se retourna.

— Je croyais que tu dormais.

— Oui, je dormais.

— J'ai écrit un petit mot et je l'ai lancé à la mer, dit-il. Qui sait? Peut-être que quelqu'un dans un pays lointain le pêchera?

— Un message dans une bouteille, hein?

— Quelque chose comme ça, répliqua-t-il d'une voix mélancolique.

— C'est un appel à l'aide?

— Non! sûrement pas. Pourquoi voudrais-je qu'on me porte secours?

Puis, la mine basse, il marcha en direction de la grotte.

13

Geneviève se tenait dans l'entrée de la grotte et regardait vers la mer où Mark, étendu sous un palmier, semblait perdu dans ses pensées. Elle avait dormi si profondément qu'elle ne l'avait pas entendu se lever. Elle marcha lentement vers lui.

— À quoi penses-tu?

Il se retourna et lui sourit.

— Bonjour, princesse. Je pensais que si nous ne partons pas d'ici aujourd'hui, nous pourrions rester coincés durant des semaines. Regarde le ciel.

Elle se tourna vers l'horizon et vit que le ciel y était noir, même si pour l'instant, le soleil rayonnait sur La Luna.

— Je ne suis pas certain de la direction que vont prendre les nuages, dit-il, mais s'ils arrivent sur nous, nous serons cuits. La route sera impraticable.

— Nous devrions peut-être aller voir dans quel état est la route, suggéra Geneviève. Si l'eau a atteint un niveau raisonnable, nous pourrons patauger jusqu'au quai.

— Et la mobylette? demanda Mark. Nous n'arriverons pas à la faire rouler.

Fernandez arriva en courant et en criant d'excitation.

— Mark! Geneviève! La route est complètement sèche!

Ils le regardèrent faire des culbutes sur la plage, puis marcher sur les mains.

— J'aurais dû faire carrière dans un cirque, hein?

— Il est complètement fou, dit Geneviève.

— Mais totalement inoffensif.

Fernandez fit un dernier saut avant d'arriver près de Geneviève devant qui il fit une profonde révérence.

— Bonjour. La route est sèche, répéta-t-il. Vous pouvez rentrer chez vous.

— On a l'impression que vous avez hâte de nous voir partir, dit Geneviève en faisant semblant d'être vexée.

— C'est vrai, répliqua Fernandez en riant. Mais avant, vous êtes invités à venir manger chez nous.

— Du poisson? demanda Geneviève. C'est sûrement du poisson.

— Ou des œufs, ajouta Mark.

— Des Corn Flakes de Kellogg, dit Fernandez en souriant. Avec du lait.

— Un petit déjeuner américain! Wow! s'exclama Mark.

Fernandez les précéda jusqu'à l'échelle en corde qui menait à sa grotte.

— Où trouvez-vous du lait ici? demanda Mark.

Fernandez ne lui répondit pas. Il grimpa rapidement l'échelle jusqu'à la saillie qui servait de seuil à sa grotte. Il demanda ensuite à Geneviève de l'imiter et Mark vint à sa suite.

— Ma maison, dit Fernandez non sans fierté. *Bienvenido*. Bienvenue.

Ils entrèrent dans la grotte et furent aussitôt surpris et ravis du décor. L'endroit baignait dans la lumière et le sol était couvert de tapis, les murs décorés de toiles. Deux hamacs servaient de lits et étaient accrochés à une gigantesque structure en bois.

— J'ai tout fait moi-même, dit Fernandez.

— C'est fantastique! s'exclama Geneviève, renversée. C'est comme une vraie maison!

Fernandez fronça les sourcils.

— *C'est* une vraie maison!

Il leur montra la cuisine: elle contenait une immense glacière qui, d'après Fernandez, pouvait conserver la nourriture fraîche pendant au moins trois jours, une petite cuisinière fonctionnant à l'aide de bombonnes de gaz, une table rustique, des chaises, des armoires, un vaisselier...

— C'est encore mieux que la cuisine chez nous! dit Geneviève.

— Et pourquoi pas? gloussa Fernandez. Nous sommes probablement plus riches que vous. La seule chose que nous n'avons pas, c'est une salle de bain. Mais nous avons toute la mer des Antilles!

Pedro entra et essaya de leur parler dans un anglais maladroit.

— Bonjour. Je suis content de vous accueillir.

Mark voulut serrer la main de Pedro qui avait l'air aussi effrayé qu'un petit animal.

— *Hola!* répliqua Mark.

Il entreprit la conversation en espagnol et Pedro lui répondit chaleureusement.

— Pedro va manger avec nous, les informa Fernandez. Ensuite, il va retourner travailler. Et vous, vous allez rentrer chez vous avant que la prochaine tempête éclate.

— Croyez-vous qu'il y en aura une? demanda Geneviève, inquiète.

— *Seguro*, répliqua Fernandez. Sans aucun doute.

Ils s'assirent autour de la table et mangèrent leurs céréales avec du lait sorti de la glacière. Geneviève ne put s'empêcher de penser, en dépit de ce qu'elle avait dit plus tôt, qu'elle aurait aimé que leur dernier repas sur La Luna fut constitué de poisson qu'ils auraient fait cuire sur la plage.

Ils mangèrent ensuite des rôties tartinées de confiture d'abricot. Et pendant que Fernandez préparait du café instantané, Geneviève passa au «salon» où elle prit la guitare qu'elle avait remarquée en entrant.

— À qui est-ce?

— *Es mío*, répondit Pedro.

— Il joue très bien, ajouta Fernandez. Nous faisons beaucoup de musique parce que nous n'avons pas la télévision.

Geneviève commença à chanter tout en s'accompagnant à la guitare. Et ils firent silence car sa voix était incroyablement belle.

— Je connais cette chanson, dit Fernandez en souriant. Pedro l'a déjà jouée.

Il jeta un coup d'œil vers Pedro qui chantait en même temps que Geneviève.

— Il ne comprend pas ce qu'il chante, dit Fernandez. Mais il chante bien.

Pedro alla chercher une flûte sur une tablette. Il joua avec Geneviève, tandis que Mark et

145

Fernandez unirent leurs voix pour chanter avec Geneviève.

La voix de Geneviève s'éteignit tout à coup. Elle regarda les trois hommes. Deux semaines plus tôt, dans son autre vie, elle ne connaissait rien de leur existence et maintenant elle était là, plus heureuse que jamais, et chantait une chanson qui parlait de retour et des gens qu'on laisse derrière soi. Elle éclata en sanglots.

Pedro s'approcha avec sa flûte à la main, et posa sur elle un bras réconfortant. Il ne comprenait pas la signification des paroles de la chanson, mais il avait vu comment elle avait regardé Mark et il avait compris qu'elle en était amoureuse.

— Je m'excuse, renifla-t-elle. C'est un peu stupide de ma part.

Pedro tendit la flûte à Geneviève.

— *Es tuyo*, dit-il.

— Il dit qu'il te la donne, traduisit Mark. Il veut que tu la gardes.

— *Es un recuerdo*, continua Pedro.

— En souvenir de notre rencontre, expliqua Fernandez.

Geneviève prit la flûte et l'examina. Le bel instrument avait été fait à la main et était décoré de peintures d'oiseaux-mouches et de roses.

— C'est trop beau, soupira Geneviève. Je ne peux pas accepter un tel cadeau.

— Pedro l'a fabriquée et peinte lui-même, dit Fernandez.

Puis, il sourit affectueusement à son ami.

— Il est complètement amoureux de sa flûte.

— Alors comment peut-il penser à s'en débarrasser? Comment peut-il supporter l'idée de perdre quelque chose qu'il aime tant?

Fernandez haussa les épaules.

— L'aimeras-tu aussi?

— Oh, oui, répondit-elle. Oh, oui!

— Alors la tristesse de Pedro s'évanouira au bout de quelque temps et tu te souviendras de nous pour toujours.

Ils eurent quelque difficulté à faire rouler la mobylette sur la route boueuse, mais ils furent très surpris de constater que la rivière avait disparu presque aussi rapidement qu'elle était apparue. Ils avancèrent aussi vite que cela leur fut possible car le ciel devenait de plus en plus menaçant.

— Si nous n'échappons pas à la tempête, nous ne pourrons pas rentrer à Lacruz ce soir, dit Mark. Et tu vas sûrement commencer à manquer de temps.

Geneviève ne tenait pas à se le rappeler.

— Nous partons dimanche, après-demain, dit-elle.

Elle pensa à Marie-Josée. Elle devait être morte d'inquiétude. Elle se demanda si Marie-Josée et Laurent avaient communiqué avec Philippe Théroux pour prendre de leurs nouvelles. Et elle espéra que Philippe avait appris qu'il y avait eu une tempête à La Luna et qu'il aurait conseillé à Marie-Josée de ne pas paniquer, que Geneviève était entre de bonnes mains.

— Je rentre lundi, dit Mark.

— Est-ce que tu vas à Montréal avant de retourner aux États-Unis? demanda-t-elle, pleine d'espoir.

— Non.

Elle marcha en avant de lui, elle ne voulait pas qu'il voit les larmes qui coulaient sur son visage.

Elle craignait que sa voix trahisse son émotion.

— Mais maintenant, je n'ai plus tellement envie de rentrer, ajouta-t-il. J'aurais aimé que nous passions plus de temps ensemble.

Elle inspira profondément et réussit à prononcer d'une voix rauque:

— Moi aussi.

Le quai était maintenant visible, mais il n'y avait aucun bateau qui pourrait les ramener à Lacruz.

— Il est encore trop tôt, dit Mark en consultant sa montre. Ne t'inquiète pas.

Il se mit à rire.

— Nous allons aller prendre un verre au petit bar sympathique et nous attendrons que le bateau accoste.

Le soleil brillait de mille feux. Les fleurs et la terrasse du Maritimo séchaient à vue d'œil et les vacanciers revenaient s'installer aux abords de la piscine. Ils racontaient sur un ton dramatique et en exagérant, comment ils avaient survécu à la tempête tropicale. Marie-Josée et Laurent étaient assis sur le bord de la piscine et leurs pieds pendaient dans l'eau.

— Étais-tu sincère? demanda Laurent, le regard fixé sur la céramique bleue de la piscine. Est-ce que tu pensais réellement ce que tu m'as dit sur la plage?

Elle mit une main sur son bras.

— Oui, murmura-t-elle. Et toi?

Il leva la tête et la regarda droit dans les yeux.

— Ça me fait un peu peur, dit-il. Je suis déjà passé par là et… eh bien, je te crains un peu.

— Tu n'as pas à t'inquiéter, Laurent. J'étais

sincère. Je t'aime. Je ne peux pas te promettre que je t'aimerai toujours. D'ailleurs, qui le pourrait? Mais pour le moment, je suis heureuse d'être avec toi.

Il l'enlaça par les épaules.

— Et tu vas me manquer.

— Moi?

Il souleva délicatement son menton du bout des doigts et la força à le regarder dans les yeux.

— Qu'est-ce que tu veux dire?

— Quand je rentrerai à Montréal.

— Mais je vais à Montréal tous les jours, expliqua-t-il. Ça ne prend qu'une demi-heure pour venir de Saint-Jérôme.

— Je ne voulais pas dire…

— Alors on pourra se voir tous les jours, poursuivit-il.

Elle éclata de rire.

— Je sais. Ce n'est pas ce que je voulais dire. Je voulais dire que tu allais me manquer dimanche.

Il la regarda d'un air interrogateur.

— Moi, je rentre dimanche, et toi, tu rentres lundi.

Il sourit.

— Ah! je vois! Tu t'inquiètes de me laisser seul!

— Oui.

— Au cas où je rencontrerais quelqu'un d'autre en vingt-quatre heures!

— Eh bien, on ne sait jamais.

— Ne dis donc pas de bêtises.

Il lui donna un baiser sur le front.

— De toute façon, reprit-il, je rentre en même temps que toi.

— Tu quoi? fit-elle, abasourdie.

— Cet appel que j'ai fait l'autre jour, commença-t-il en souriant. C'était pour changer mon vol. Je rentre un jour plus tôt que prévu. Je prends le même avion que toi.

Elle poussa un cri perçant et jeta ses bras autour de son cou.

— Oh, Laurent!

— Allons nager! s'écria-t-il tout à coup.

Il s'inclina vers l'avant et tomba dans la piscine.

Elle culbuta avec lui en lâchant un cri de joie.

— Alors, vous n'avez pas apprécié la Playa del Oro? demanda le barman avec un large sourire.

Geneviève fut surprise de l'entendre s'exprimer en anglais. Lors de leur première rencontre, toute la conversation s'était déroulée en espagnol.

— Ma femme est Américaine, lui expliqua le barman.

— Votre femme? Vous avez une femme?

Geneviève était abasourdie. Elle n'arrivait pas à comprendre pourquoi ou comment une femme voudrait vivre sur une île isolée comme La Luna. Entendre cela était encore plus surprenant que d'entendre le barman parler anglais.

— Je lui parle toujours en anglais, continua-t-il. Elle ne parle pas l'espagnol. Et j'en ai un peu assez de ne pas parler ma langue. Quand j'ai entendu ton ami parler en espagnol, j'ai parlé en espagnol aussi.

— Ce n'est pas que nous n'avons pas aimé la Playa del Oro, dit Mark. Au contraire, c'est magnifique. Mais nous ne pourrions pas prendre le risque de venir tourner ici. Nous n'avons pas les moyens de perdre deux ou trois jours de travail parce que les routes sont inondées.

Le barman leur servit chacun un Coke en souriant.

— C'est ma tournée, précisa-t-il.

— *Gracias*, dit Mark.

— Merci, dit aussi Geneviève.

— Nous n'avons pas toujours des tempêtes, dit en riant le barman. Seulement en septembre et en octobre. En juin ou juillet, il ne pleut jamais.

Mark continuait de siroter son Coke.

— Je le dirai à mon associé. La décision ne m'appartient plus. Je rentre aux États-Unis lundi.

Geneviève sentit son cœur battre.

Le barman avança jusqu'à une porte fermée par un rideau en plastique et cria, «Linda!». Puis il retourna s'asseoir avec Mark et Geneviève.

— Ma femme adore ses compatriotes.

Geneviève sentit la jalousie monter en elle. Elle craignit que Mark ne s'intéresse à cette Américaine qui aimait les Américains.

— Linda veut dire belle en espagnol, dit le barman. Ma Linda est la plus belle femme de La Luna.

Il posa ses coudes sur le comptoir, mit ses mains en coupe, y appuya la tête et chuchota:

— Remarquez, ce n'est pas difficile. C'est la seule femme de l'île!

La blonde Linda apparut, elle avait l'air endormi.

— Salut! dit-elle en leur souriant gentiment.

Geneviève et Mark la détaillèrent du regard.

La pluie commença à tomber doucement et

Linda tenta de les rassurer. Le bateau arriverait, beau temps mauvais temps, à moins qu'effectivement la tempête n'éclate. Mais ni Linda ni son mari ne pensaient que ce serait pour le jour même. Ils s'étaient trompés. Les éclairs étaient encore loin mais ils foudroyaient le ciel de plus en plus souvent et le grondement du tonnerre devenait de plus en plus assourdissant.

— Je crois que vous allez être condamnés à rester ici aujourd'hui, concéda finalement Linda. J'ai bien peur que la tempête soit épouvantable.

La tempête s'intensifiait. Le barman qui, leur apprit-il, s'appelait Juan Jesus, décida que les visiteurs avaient droit à tous les honneurs. Il leur servirait de la paella faite selon la recette de sa mère du temps où ils vivaient à Cordoba. Il envoya Linda à la cuisine pour qu'elle prépare le repas, même si elle aurait préféré continuer de bavarder avec Mark.

Juan Jesus ouvrit une bouteille de Rioja et ils burent pendant qu'ils discutaient. Ils élevèrent la voix pour couvrir le bruit de la pluie torrentielle qui s'abattait et les gondements qui venaient du ciel. Le chien à trois pattes, peu brave, s'était réfugié sous une table, et n'en sortait qu'occasionnellement pour aller chercher du réconfort auprès de sa maîtresse.

Le barman rassembla trois petites tables et les couvrit d'une nappe blanche. Il plaça un chandelier au centre et alluma la grande bougie rouge, à l'instant même où Linda sortit de la cuisine avec la paella.

Il parlèrent de Los Angeles et du nouveau contrat de Mark tout en mangeant et en buvant. Ils discutèrent de Montréal, du nouvel emploi de

Geneviève et de l'enfance de Linda aux États-Unis. Et Juan Jesus fut intarissable sur la finesse de Cordoba, de Séville et de Grenade.

Linda s'apprêtait à servir une deuxième portion de riz au safran à Mark lorsque de l'eau jaillit du toit et inonda la table.

— *Ostia!* jura Juan Jesus alors que tous s'étaient levés pour emporter les tables à l'autre bout du bar.

Linda s'empressa d'aller chercher un seau dans la cuisine et alla le placer à l'endroit où l'eau s'échappait. Elle retourna s'asseoir à la table et demanda d'une voix calme:

— Encore un peu de paella, Mark?

L'après-midi s'écoula rapidement et, le soir venu, Juan Jesus eut de plus en plus de mal à articuler. Il avait trop bu de Rioja. Cependant, il était joyeux, de temps en temps il tapotait l'épaule de Mark ou posait son bras lourd et mou autour de cou de Geneviève. Linda le regardait d'un air amusé, elle était heureuse de voir son mari de si joyeuse humeur.

— Il passe trop de temps tout seul, dit-elle. Il a besoin de voir du monde. Il n'est pas comme moi. Il n'aurait jamais dû venir s'installer à La Luna. C'est beaucoup trop calme pour lui.

— Mais pas pour toi? devina Mark.

— Mais pas pour moi.

— C'est très beau, ici, dit Geneviève, mais je ne sais pas comment vous faites pour passer des semaines entières sans voir de nouveaux visages. Je deviendrais complètement folle.

— Il y a certains avantages, lui dit Linda. Il n'y a pas de vols, pas d'attaques à main armée, pas de violence, pas de trafic…

— Pas de vie, conclu Geneviève.

Linda lui sourit.

— Une vie de rêve pour moi!

Juan Jesus installa un matelas à l'un des rares endroits du bar où le toit était encore étanche. Il tendit des oreillers et des couvertures à Mark et à Geneviève.

— Je suis navrée de ne pas avoir de chambre d'amis, dit Linda. C'est assez rare que nous recevions des invités.

Elle se mit à rire.

— Qu'est-ce que je dis là? reprit-elle. Il n'y a jamais personne qui passe assez de temps ici pour y rester dormir.

— Après les deux nuits que nous avons passées sur le sable, répliqua Mark, je peux t'assurer que ce matelas représente un grand luxe. Nous vous en remercions.

Juan Jesus alla se coucher en essayant de chanter un vieil air de flamenco et Linda le suivit en riant.

Mark et Geneviève, qui commençaient à avoir froid, se glissèrent sous les couvertures et se blottirent l'un contre l'autre.

— Ils sont sympathiques, hein? dit Geneviève.

— Très, répliqua Mark.

Puis, il dit en chuchotant:

— Elle est très jolie, et je ne vois vraiment pas ce qu'elle lui trouve.

— Non? fit Geneviève, étonnée. Moi oui. Il est super drôle.

— Mais il n'est pas aussi drôle que moi, hein? dit Mark en se rapprochant plus près d'elle pour la serrer plus fort dans ses bras.

— Non, ricana-t-elle. Et elle n'est pas aussi jolie que moi, n'est-ce pas?

— Personne n'est aussi joli que toi, dit-il, l'air très sérieux.

Il l'embrassa. Puis, il posa la tête sur l'oreiller et dégagea délicatement le front de Geneviève en la regardant profondément dans les yeux.

— Les miroirs de l'âme, dit-il. Tes yeux me diront tout ce que je veux savoir.

— Qu'est-ce que tu veux dire?

— Tes yeux m'avoueront ce que tu penses vraiment de moi. Et combien tu penses à moi.

— Tu sais combien je pense à toi, murmura-t-elle.

Ils se regardèrent dans les yeux, sans mot dire.

— Tu sais ce mot que j'ai mis dans la bouteille? dit-il au bout d'un moment.

— Celui où tu demandais de l'aide?

— Je n'y demandais pas d'aide. J'ai simplement écrit, «MARK AIME GENEVIÈVE». Je veux que le monde entier le sache.

Geneviève commença à trembler.

Il la serra encore plus fort.

— Je t'aime, Geneviève.

— Je t'aime aussi, Mark.

14

Le plus fort de la tempête était passé, mais la mer était encore orageuse. Mark était agrippé au bastingage, la tête en-dehors de l'embarcation.

— Ohhh… gémit-il pendant que Geneviève lui caressait le front. Ça ne peut pas être à cause de la paella.

— Bien sûr que non, dit Geneviève en souriant. J'en ai mangé aussi et je me sens parfaitement bien. Tu as le mal de mer, Mark, c'est tout.

— Mais je n'ai jamais eu le mal de mer, se plaignit-il en s'accrochant de nouveau au bastingage.

— Il y a toujours une première fois, dit-elle presque pour elle-même.

Ils étaient les seuls passagers du bateau. Ils arrivèrent avec une demi-heure de retard au port de San Luis qui était complètement désert.

— Où sont-ils tous? demanda Geneviève quand ils débarquèrent du bateau.

— Seul un imbécile prendrait la mer par un temps pareil, répliqua Mark. Je ne suis pas surpris de ne voir personne.

Geneviève ne comprenait pas pourquoi il exagérait à ce point. Elle n'avait pas du tout été malade et le ballottement du bateau sur les vagues l'avait plutôt amusée.

Le visage de Mark retrouva un teint à peu près normal quand ils arrivèrent au Maritimo.

— Je m'excuse, dit-il. Ça va mieux maintenant, mais je ne me suis jamais senti aussi malade.

Elle éclata de rire.

— Ma mère dit toujours que les hommes ne sont que des bébés.

— Je vais te laisser ici, suggéra Mark quand le taxi s'immobilisa. Je dois trouver Philippe pour lui raconter notre mésaventure. Il est fort probable qu'il aura coupé mon salaire parce qu'il aura cru que je me payais volontairement du bon temps.

— Je suis certaine qu'il ne fera pas ça, dit-elle en l'embrassant sur la joue.

— À plus tard, dit-il tandis que le taxi faisait demi-tour pour reprendre la grand-route.

Geneviève alla demander la clé de sa chambre à la réception au moment où Marie-Josée rentrait de la piscine main dans la main avec Laurent.

— Geneviève! s'écria-t-elle.

Elle courut vers son amie et la prit dans ses bras.

— J'étais morte d'inquiétude!

— Nous étions tous les deux morts d'inquiétude, ajouta Laurent.

— Philippe nous avait dit que vous alliez bien malgré la tempête qu'il y avait eu dans l'île où vous étiez…

— Je vais très bien. Honnêtement. Je vais plus que bien. Tout a été si merveilleux.

— Tu me raconteras tout, n'est-ce pas? Laurent était sur le point de partir. Allons prendre un verre ensemble, je veux tout savoir.

— J'aimerais bien prendre une douche avant, répondit Geneviève. Je suis couverte de sable et de sel. J'ai envie de me laver les cheveux et de reprendre une apparence humaine.

— Mais tu es superbe! protesta Marie-Josée. Ton bronzage est fantastique.

— Merci, répliqua Geneviève en riant. Mais je vais quand même me doucher avant de faire quoi que ce soit d'autre.

— Je vais avec toi, insista Marie-Josée, et tu me raconteras tout en prenant ta douche. Je veux que tu me fasses part de tous les détails, du plus sympathique au plus sordide.

Laurent s'en alla en promettant de revenir dans quelques heures. Marie-Josée prit Geneviève par le bras et l'entraîna vers l'escalier.

— Laurent doit aller acheter de petits cadeaux avant de partir, expliqua-t-elle. J'ai beaucoup de choses à te raconter. Mais je ne te dirai rien avant que tu m'aies *tout* raconté.

Geneviève éteignit le séchoir à cheveux.

— Voilà qui est mieux, dit-elle. Je me sens toute neuve.

— Alors, il t'a avoué qu'il t'aimait? demanda Marie-Josée, enthousiaste. C'est exactement ce qu'il t'a dit?

— Oui, ricana Geneviève. Et c'est tout ce qu'il y a à en dire. Tu connais tous les détails.

— Es-tu sûre?

— Oui.

— Tu veux dire que vous n'avez pas…

— Non! répondit Geneviève d'un ton sec. Je t'ai tout dit. À ton tour maintenant.

— Eh bien… dit Marie-Josée en sautant sur le lit de Geneviève.

Elle regarda son ami fouiller dans sa garde-robe.

— …Laurent et moi sommes amoureux!

Quand Mark revint à l'hôtel, il était impeccablement propre. Il retrouva Laurent au Copa.

— Je suppose que tu attends Marie-Josée?

Laurent le dévisagea.

— Je me demande comment on peut réussir à devenir aussi bronzé, dit Laurent en riant. On dirait que tu es resté prisonnier du désert durant quatre jours.

Il serra la main de Mark.

— Tout va bien?

— Je ne pourrais pas aller mieux, Laurent. Et toi?

— Super.

— Comment ça va avec Marie-Josée?

Laurent afficha un large sourire.

— Pour te dire la vérité, Mark, je n'arrive pas à croire ma chance.

Mark imita le sourire de Laurent.

— Moi non plus.

— Je rentre un jour plus tôt, dit Laurent spontanément, pour pouvoir voyager avec elle.

Il se mit à rire.

— Je ne voudrais pas la perdre des yeux!

Mark eut soudainement l'air triste.

— Tant mieux pour vous, dit-il. J'aimerais que la situation soit aussi simple pour moi. Je rentre aux États-Unis lundi. Alors ce soir, c'est ma dernière soirée avec Geneviève.

Laurent posa un bras réconfortant sur celui de Mark.

— Alors, j'espère que votre soirée sera mémorable.

La Ronde était le meilleur restaurant de Santiago et, avec leurs petits moyens, les filles n'auraient jamais pu y manger. Mais Laurent et Mark avaient réservé deux tables en attendant leurs douces au bar de l'hôtel.

— Nous aurions pu manger tous à la même table, dit Marie-Josée quand le maître d'hôtel leur assigna deux tables séparées. Ç'aurait été beaucoup plus drôle.

— Nous sortirons ensemble après avoir mangé, dit Laurent. Je crois que Geneviève et Mark apprécieront un dernier souper en tête à tête. Et de toute façon, je ne suis pas assez drôle pour toi?

Elle se blottit contre lui.

— Bien sûr que tu l'es.

La table de Geneviève et de Mark était dans un coin isolé du restaurant, tel que l'avait demandé Mark. Il leva son verre à la santé de Geneviève, au-dessus du bougeoir placé au centre de la table.

— À toi, dit-il.

Elle leva son verre aussi.

— À toi.

— C'est dommage que nous ne puissions pas dire, «À nous», murmura-t-il tristrement.

— Tu m'écriras, n'est-ce pas? Je n'arriverais pas à survivre si je savais que je n'entendrais plus jamais parler de toi.

— Bien sûr que je t'écrirai. Et je suis certain

que je retournerai à Montréal de temps en temps. Mais toi, tes prochaines vacances, tu pourrais venir les prendre en Californie, hein?

— Peut-être, répondit-elle en souriant.

— Et peut-être que dans quelques années, je viendrai à ton mariage, rencontrer l'homme de tes rêves.

Elle n'en pouvait plus.

— Tu es l'homme de mes rêves, Mark, soupira-t-elle. Je ne peux pas imaginer un autre homme à ta place.

Le serveur vint leur présenter le menu.

— Qu'est-ce que tu voudrais manger en entrée? dit Mark en souriant. Du poisson?

Comme tous les samedis, le Fantasma était bondé. La piste de danse était couverte de mousse et plusieurs des clients, qui savaient qu'il s'agissait d'une soirée particulière, s'étaient vêtus en conséquences. La plupart d'entre eux étaient nu-pieds. Les cris de joie que les danseurs poussaient lorsque l'appareil propulsait de la nouvelle mousse sur la piste de danse encouragèrent nos quatre tourtereaux à monter à l'étage, où l'ambiance était plus calme. Ils s'assirent à une grande table et Mark alla au bar chercher à boire.

— As-tu vu qui est là? demanda Marie-Josée à Geneviève lorsque Laurent fut parti aider Mark à ramener leurs consommations. Hugo Lemay. Et il est tout seul, il n'a pas de *poupoune* avec lui. Ça fait changement!

Geneviève lui adressa un regard étrange.

— Qu'est-ce que tu me dis, Marie-Josée? Tu ne vas pas laisser tomber Laurent encore une fois?

Marie-Josée prit la main de Geneviève.

— Geneviève! Je te l'ai dit, je suis amoureuse!
Je suis sérieuse, tu sais? Je ne laisserais tomber
Laurent pour personne, même pas pour un
chanteur pop écervelé.

Geneviève lui décocha un sourire.

— Je suis désolée, Marie-Josée. C'est seulement que…

— Je sais. Je sais comment je me suis com-
portée. Mais tout ça est terminé, Geneviève, vraiment. Laurent est celui que je veux. Et je pense
que je l'aime.

Laurent et Mark arrivèrent avec les consommations.

— Je vois que M. Musique est ici, dit Laurent
d'un ton plat.

— Ils sont tous ici, ajouta Mark. Philippe,
Sandra et toute la bande. C'est leur dernière soirée
à eux aussi.

Geneviève pensa au moment où Mark et elle
se feraient leurs adieux et elle se mit à trembler.
Elle ressentit une vive et étrange douleur à l'ab-
domen, une douleur qu'elle ne reconnaissait pas.
Comment la vie pouvait-elle être si cruelle? Elle
l'aimait. Et il l'aimait. Et après ce soir, ils ne se
reverraient jamais plus.

— Je vais aux toilettes, dit-elle en se levant.

Marie-Josée avait vu le désespoir dans les
yeux de Geneviève, elle connaissait la douleur que
son amie éprouvait.

— Je viens avec toi.

Elles traversèrent le bar et croisèrent Hugo
Lemay qui sortait des toilettes des hommes.

— Eh bien, eh bien, eh bien! dit-il.

Il s'approcha d'elles.

— Tu es plus belle que jamais ce soir, dit-il à

Marie-Josée sur un ton hautain et en ignorant Geneviève. Tu es venue seule?

— Non, répondit Marie-Josée avec un sourire de contentement.

Hugo enlaça Marie-Josée par la taille et lui murmura sur un ton mielleux:

— Va le saluer et reviens passer la soirée avec moi.

Marie-Josée lui répondit sur le même ton et en souriant toujours:

— Ôte tes pattes sales immédiatement, sinon je vais appeler mon *chum*.

Hugo mit quelques secondes à comprendre le message. Puis, cherchant à oublier que son ego venait de subir un dur coup, il se rengorgea et traversa la salle en marchant d'un pas fier.

Marie-Josée ferma la porte des toilettes derrière elle et éclata d'un rire perçant. Plusieurs filles affairées à retoucher leur maquillage se retournèrent pour voir ce qui se passait.

— Je lui ai cloué le bec! dit Marie-Josée. Espèce de petit porc arrogant!

Geneviève avait enfoui son visage dans ses mains et Marie-Josée était persuadée qu'elle riait avec elle. Mais elle comprit rapidement qu'elle était loin de la vérité. Geneviève tremblait de tout son corps en sanglotant.

— Oh, Geneviève!

Elle prit son amie par la main et l'amena dans une cabine.

Geneviève s'écrasa contre le mur et émit une longue plainte.

— Je n'y arriverai pas, dit-elle. Je ne supporte pas l'idée d'avoir à le quitter.

Marie-Josée serra Geneviève très fort dans

ses bras.

— Oh, Geneviève, Geneviève… qu'est-ce que je pourrais te dire pour te consoler? C'est épouvantable, je sais, mais…

— Ne me dis pas que je m'en remettrai, parce que je ne m'en remettrai jamais, Marie-Josée. Jamais. Je ne l'oublierai jamais et il n'y aura jamais personne pour le remplacer.

Elle essuya ses larmes du revers de la main. Le flot de larmes diminua quand elle appuya la tête contre le mur en lâchant un profond et long soupir.

— Je ne sais pas comment je ferai pour survivre à la journée de demain, dit-elle. Il va nous accompagner à l'aéroport.

Elle esquissa un sourire.

— Il va falloir que tu me traînes jusque dans l'avion.

— Par les cheveux s'il le faut, dit Marie-Josée en essuyant les dernières larmes sur les joues de Geneviève.

— Tu auras sûrement besoin d'une camisole de force!

— Ne t'inquiète pas, Geneviève. Je vais m'occuper de toi. Tout va bien aller. Je te le promets.

Elles s'enlacèrent et se balancèrent dans les bras l'une de l'autre.

— C'était une soirée fantastique, Mark, dit Geneviève. Merci beaucoup.

Le quatuor était rentré au Maritimo en taxi, car Laurent y avait laissé sa voiture.

— Tu peux dire au chauffeur de s'en aller si tu veux, Mark. Je te déposerai à la villa. Après que nous ayons pris un dernier verre en compagnie des filles, évidemment.

Il fit un clin d'œil à Marie-Josée qui ricana.

— Pas ce soir, mon cher. Geneviève et moi devons faire nos valises, toi aussi d'ailleurs. Tu pars demain si tu te souviens bien.

— Mes valises sont déjà bouclées, dit Laurent en souriant. Je peux vous aider à faire les vôtres.

— Rentre chez toi! ordonna Marie-Josée avec un sourire. Il est quatre heures du matin. Notre avion part à dix heures et d'ici là, nous avons des tonnes de choses à faire.

Mark embrassa Geneviève.

— Attendons à demain pour faire nos adieux, dit-il. Je serai ici à huit heures et j'irai vous reconduire à l'aéroport.

Il jeta un coup d'œil à sa montre.

— Ça ne vaut presque pas la peine d'aller se coucher, hein?

— Tu ne passeras pas tout droit? demanda-t-elle d'une voix inquiète.

— Bien sûr que non. À demain, princesse.

Il monta dans la Jeep, Laurent fit démarrer le moteur.

— Je dois rapporter la voiture à l'aéroport à huit heures. Alors je vous attendrai à huit heures et demie pile. Et j'espère que vous arriverez à temps, sinon…

— Sinon quoi? demanda Marie-Josée en riant.

— Elles y seront, j'y verrai, dit Mark.

Marie-Josée souffla un baiser en direction de Laurent. Elles regardèrent les feux arrière disparaître, puis, bras dessus bras dessous, elles montèrent les marches qui menaient à l'hôtel.

Geneviève ferma son livre et le mit dans son sac à main. Elle s'allongea sur son lit et pensa à La

Luna et aux merveilleux amis qu'elle y avait rencontrés. Elle ne voulait pas fermer les yeux, car elle craignait de glisser dans un profond sommeil. Tout à coup, elle remarqua que Marie-Josée était étrangement silencieuse dans la salle de bain.

— Marie-Josée? appela-t-elle. T'es-tu endormie là-dedans?

Marie-Josée ne lui répondit pas.

— Marie-Josée? Est-ce que tout va bien?

Elle n'obtint toujours pas de réponse.

Geneviève marcha jusqu'à la salle de bain et ouvrit la porte.

— Marie-Josée?

Puis elle la vit.

— Marie-Josée! cria-t-elle. Oh, mon Dieu. Marie-Josée!

Marie-Josée gisait sur le plancher, elle était sans connaissance. Du sang coulait sur son front.

15

Geneviève était assise dans la salle d'attente de l'hôpital et regardait l'horloge fixement. Les minutes s'égrenaient lentement. Les employés du Maritimo avaient agi rapidement et avaient appelé un médecin dès que Geneviève leur avait appris l'accident.

— Je suppose qu'ils doivent être prudents, avait dit Marie-Josée à Geneviève pendant que l'ambulance les menait à Santiago. Les assurances et tout ça. Ils ne voudraient pas avoir une poursuite sur le dos, hein?

— Eh bien, on ne peut pas dire que c'est leur faute si tu ne regardes pas où tu mets les pieds…

— C'était ta savonnette! Tu fais toujours ça. Si tu l'avais remise à sa place, je n'aurais pas glissé.

Geneviève était restée silencieuse jusqu'à ce que l'ambulance s'immobilise devant l'entrée de l'hôpital.

— Comment va la tête? avait-elle demandé finalement.

— Ma tête va bien. J'ai un peu mal, c'est tout. C'est ma cheville qui me fait souffrir. J'espère que je n'ai rien de cassé.

...Il était maintenant sept heures du matin et même si la blessure de Marie-Josée semblait superficielle, le médecin avait décidé de prendre une radiographie.

On amena la patiente en chaise roulante en prenant soin de surélever sa jambe. Geneviève se rua sur le téléphone de l'entrée.

Elle téléphona au Maritimo et demanda le numéro de la villa où logeaient MM. Adams et Théroux.

— Il n'y a pas de téléphone dans les villas, lui répondit le veilleur de nuit. Mais je crois qu'ils ont des téléphones cellulaires.

— Auriez-vous les numéros?

La question était inutile... et elle le savait.

— J'ai bien peur que non.

Geneviève raccrocha le combiné et, alors qu'elle retournait s'asseoir, elle pensa à Pierre l'Idiot. Il dormait dans la chambre qui servait de bureau à l'équipe de tournage. Elle retourna au téléphone et recomposa le numéro de l'hôtel.

— Je m'excuse de vous déranger encore une fois, mais...

Comment s'appelait-il? Elle ne pouvait tout de même pas demander à parler à M. l'Idiot!

— ...il y a un membre de l'équipe d'Hugo Lemay qui loge dans une des chambres de l'hôtel. Celle dont ils se servent comme bureau...

— Monsieur Caron?

— Euh... oui, répondit-elle promptement, même si elle ne connaissait pas son nom de famille. Pierre. Pierre... Caron.

Elle se sentait soulagée. Pierre l'Idiot connaissait sûrement le numéro de Mark.

— J'ai bien peur qu'il ait quitté.

— Quitté?

— Il est parti il y a trois jours. Je crois qu'il est rentré au Canada.

Geneviève se balança d'un pied sur l'autre. Elle était fatiguée, mais ce qu'elle venait d'apprendre la terrassait.

— Écoutez, dit-elle, c'est très important.

Elle regarda sa montre.

— Un certain monsieur Adams viendra me chercher à l'hôtel à huit heures…

— Un instant, s'il vous plaît, je vais prendre un stylo.

— Oh, mon Dieu! soupira-t-elle.

Quelques secondes plus tard, le veilleur de nuit reprit le téléphone.

— Vous avez dit monsieur Adams?

— Oui. Voudriez-vous lui dire que je suis à l'hôpital…

— Aah! Vous êtes la jeune fille qui s'est frappé la tête, dit-il sur un ton sympathique. Vous allez mieux?

— Le pied, corrigea Geneviève.

Puis, se rendant compte qu'il ignorait que Marie-Josée s'était fait mal au pied en glissant, et ne voulant pas compliquer la situation davantage, elle ajouta:

— Oui, oui. Je vais bien.

— J'en suis heureux.

— Alors… pourriez-vous dire à monsieur Adams qu'il n'y a aucune raison de s'inquiéter…

— …qu'il n'y a aucune raison de s'inquiéter, répéta-t-il en transcrivant le message à la lettre.

— Et que nous allons le retrouver au café de l'aéroport dès que nous le pourrons.

Il y eut une longue pause pendant qu'il finissait d'écrire de son mieux la dictée de Geneviève.

— Vous avez bien noté?

— Oui.

— C'est *très important*!

— Oui.

Elle raccrocha.

Il mit le morceau de papier sur le bureau, regarda sa montre et bâilla. Les touristes! Pourquoi le traitaient-ils toujours comme un imbécile? Il était content qu'il soit presque sept heures et demi. La nuit avait été longue et il était plus que prêt à aller au lit. Il sourit lorsque Manolo arriva pour le relever.

— Est-ce qu'elle en a encore pour longtemps? demanda Geneviève à l'infirmière qui avait emmené Marie-Josée au département des radiographies. Nous prenons l'avion à dix heures.

— Ne vous inquiétez pas, répondit l'infirmière qui paraissait irritée, vous arriverez à l'aéroport à temps.

Geneviève savait qu'il était inutile d'ajouter qu'elles avaient un rendez-vous à leur hôtel à huit heures.

— Écoutez, je sais que vous êtes très occupée, mais j'ai un appel urgent à faire...

— Il y a un téléphone public dans l'entrée, l'interrompit l'infirmière en s'avançant vers son poste de travail.

Geneviève la suivit.

— Oui, je sais, dit-elle. Mais je dois passer un coup de fil à un hôtel dont je ne connais pas le numéro. Je ne sais même pas le nom de l'hôtel, mais mon amie le sait. Est-ce que je peux aller au département des radiographies pour le lui demander?

L'infirmière émit des petits bruits de désapprobation et rebroussa chemin pour rejoindre la salle des radiographies en soupirant.

— Je vais le lui demander. Attendez ici!

Geneviève téléphona à Laurent et lui expliqua qu'elles auraient peut-être du retard à cause de l'accident de Marie-Josée.

Laurent était paniqué.

— Est-ce que c'est grave? Ne bouge pas, j'arrive!

— Non, Laurent, ce n'est pas nécessaire. Elle va bien, je t'assure. De toute façon tu dois rapporter la voiture à huit heures. Je ne voulais pas que tu t'inquiètes, c'est tout.

Laurent consulta sa montre. Il était sept heures quinze.

— As-tu téléphoné à Mark?

— Je lui ai laissé un message.

— Je vous attendrai au café.

— D'accord. À plus tard

Mark feuilletait des magazines dans le hall de l'hôtel qui était engorgé de valises et de vacanciers bronzés, prêts à rentrer chez eux. La représentante de Caribtours, une très jolie femme d'environ vingt-cinq ans, cochait les noms sur sa liste au fur et à mesure que ses clients montaient dans l'autobus.

À huit heures trente, l'autobus était presque plein. L'éternel sourire de Mlle Caribtours commençait à s'effacer lorsqu'elle alla à la réception pour demander qu'on prie ses deux clientes retardataires de se presser. Mark alla la voir et lui expliqua qu'il les amènerait lui-même à l'aéroport et qu'elles y seraient à temps pour le départ.

Quand l'autobus démarra, Mark commença à s'inquiéter. Geneviève n'avait pas l'habitude d'être en retard. Instinctivement, il sut qu'il y avait un problème. Les filles dormaient peut-être encore, elles s'étaient couchées tard la veille et il était très possible qu'elles se soient endormies après s'être réveillées une première fois. Mais Mark craignait que le problème ne fut plus grave. Geneviève avait peut-être renoncé à lui faire des adieux et Marie-Josée et elle étaient déjà à l'aéroport.

Il alla voir le réceptionniste qui était en train passer en revue les quelques notes prises par l'auditeur de nuit.

— Pourriez-vous vérifier s'il y a des messages pour la chambre 12, s'il vous plaît?

Geneviève aida Marie-Josée à grimper dans le taxi. Les deux jeunes filles étaient couvertes de sueur. La journée s'annonçait très chaude, mais c'était la panique qui les faisait suer et non pas la température.

— Le Maritimo! annonça Geneviève au chauffeur. Aussi vite que vous le pouvez. Nous sommes très en retard.

Elle consulta sa montre. Huit heures et demi.

— Je m'excuse, Geneviève, dit Marie-Josée.

Geneviève serra la main de son amie.

— Tu n'as pas à t'excuser. Tu vas bien?

— Oui, je vais bien.

La radiographie avait confirmé que Marie-

Josée n'avait aucune fracture. Le médecin lui avait tout de même proposé d'attendre jusqu'à une heure pour qu'une infirmière lui bande le pied de façon appropriée.

— Merci, avait répondu Marie-Josée, mais nous devons partir tout de suite.

Le médecin avait haussé les épaules tandis que Marie-Josée avançait en claudiquant dans le corridor pour aller retrouver Geneviève.

— Il n'y a pas de réponse, dit le réceptionniste. Et leur clé est ici. Elles ont dû quitter.

Mark était surpris. Il traversa le hall d'entrée en courant, puis le stationnement. Il monta dans la Land Rover.

Le réceptionniste continua de vérifier ses notes et trouva un message destiné à un certain M. Mark Adams.

— Elles ont dit qu'il n'y avait pas à s'inquiéter, dit Laurent. Mais il est neuf heures et quart. Elles vont arriver juste à temps, hein?

Il prit une gorgée de café. C'était la troisième tasse qu'il buvait.

— Elles doivent retourner à l'hôtel car leurs valises y sont encore.

— Téléphone à l'hôtel, dit Mark. Dis au réceptionniste qu'il leur demande de m'attendre s'il les voit.

— D'accord.

— Je vais aller voir à l'hôpital, ce n'est pas très loin.

Il sortit du café en regardant sa montre. Neuf heures quinze. Il devrait faire vite.

— Il n'est pas ici! dit Geneviève, la voix paniquée. Marie-Josée, il n'est pas ici!

— Il est probablement en route pour l'aéroport, répliqua Marie-Josée. Ne t'énerve pas comme ça.

Geneviève alla demander la clé de leur chambre à la réception.

— J'ai laissé un message pour monsieur Adams, dit-elle. Savez-vous si on le lui a transmis?

— Est-ce que ce serait celui-ci? demanda-t-il d'un ton calme en lui remettant la note.

— Il n'est pas venu?

Elle se tourna vers Marie-Josée.

— Marie-Josée, il n'est même pas passé.

— Bien sûr que oui! Il ne te laisserait jamais tomber. Il n'a probablement pas demandé ses messages à la réception.

Les yeux de Geneviève commençait à se remplir de larmes.

— Penses-tu?

— Évidemment, je te parie qu'il est déjà à l'aéroport.

Geneviève se tourna vers le réceptionniste.

— Pouvez-vous nous envoyer un chasseur pour nos bagages? Comme vous pouvez le constater, mon amie est blessée au pied.

— Bien sûr, répondit-il en appuyant sur un bouton pour avertir un chasseur.

— Et pourriez-vous nous appeler un taxi pour aller à l'aéroport?

Le réceptionniste répondit au téléphone. C'était Laurent.

— Elles viennent tout juste de partir pour l'aéroport, monsieur.

Mark interpella la première infirmière qu'il vit et lui demanda en espagnol ce qu'il était advenu des deux Canadiennes.

— Je vais aller m'informer auprès du docteur, dit-elle. Mais je crois qu'elles sont encore dans la salle de radiographie.

Elle marcha dans le corridor sans se presser. Mark jeta un coup d'œil sur l'horloge. Il était presque dix heures moins le quart.

— Merci, mon Dieu, soupira Laurent, visiblement soulagé.

Il embrassa les deux filles.

— Je croyais que nous n'arriveriez jamais.

Geneviève avait la bouche pâteuse et malgré son bronzage, elle commençait à pâlir.

— Où est Mark?

Il commença à trembler car il se sentait coupable de n'avoir pas téléphoné à l'hôtel plus tôt.

— Il est à l'hôpital, dit-il d'une voix faible.

— Quoi? fit Geneviève, complètement affolée.

— J'ai téléphoné à l'hôtel pour vous demander de l'attendre, mais vous veniez tout juste de partir.

Geneviève éclata en sanglots.

Marie-Josée la prit dans ses bras.

— Ne t'en fais pas, dit-elle. Il viendra.

— Marie-Josée, dit Laurent d'une voix douce. Il est dix heures. Nous devons y aller.

— Non, non non non non! pleura Geneviève. Je ne le reverrai plus, n'est-ce pas? Je n'aurai même pas pu lui dire au revoir.

Son cœur était en mille miettes. La vue brouillée par les larmes, elle fixait la porte d'entrée.

— Oh, Marie-Josée, je l'aime! Je l'aime tellement et je ne pourrai même pas lui dire adieux. C'est insupportable.

Un garçon de table la regarda pleurer. Elle était presque hystérique. Embarrassé, il détourna les yeux.

— Elles sont parties? s'écria Mark. Pourquoi ne me l'avez-vous pas dit avant?

Il leva les yeux sur l'horloge, soupira profondément puis alla s'affaler dans un fauteuil, s'enfouit le visage dans les mains. Ses joues ruisselaient de larmes, il savait qu'il était trop tard.

— Nous devons embarquer, dit Laurent en regardant l'écran qui informait les passagers des départs. Je suis navré, Geneviève. Vraiment navré.

— Je n'y vais pas, sanglota Geneviève. Je ne peux pas partir. Je dois le voir.

— Geneviève, dit Marie-Josée tristement. Viens. Tu dois y aller. Il n'y a rien que tu puisses faire de plus.

Geneviève dévisagea Marie-Josée.

— Ce n'était qu'un amour de vacances, hein? Ça arrive souvent.

— Je crois que c'était plus qu'un amour de vacances, répliqua Marie-Josée d'une voix douce. Mais, oui, ça arrive souvent.

— Je m'excuse, les filles, mais nous devons y aller, répéta Laurent.

Il enlaça doucement Geneviève et la guida vers le poste de douane. Marie-Josée boitilla derrière eux en regardant constamment derrière elle, espérant voir Mark arriver en criant le nom de Geneviève.

Mark monta dans la Land Rover et fixa le pare-brise.

— Qu'est-ce que je fais là? dit-il à voix haute. Qu'est-ce que je fais? La vie est beaucoup trop courte.

L'avion était à moitié plein, mais Geneviève ne l'avait pas remarqué. Elle caressait la flûte de Pedro posée sur ses cuisses, et fixait le vide à travers le hublot. Elle vit Mark courir sur la plage dans son maillot jaune, puis le regarda enduire son corps de poussière rouge. Elle l'entendit lui murmurer qu'il l'aimait et qu'il voulait que le monde entier le sache. Elle sentit ses bras l'envelopper, puis ses lèvres chaudes et tendres sur les siennes. Elle baissa ses yeux baignés de larmes et se rappela avoir demandé à Pedro comment il était possible de survivre à une absence.

Marie-Josée était assise avec Laurent de l'autre côté de l'allée. Pourtant, elle avait offert à Geneviève de s'asseoir avec elle. Elle serra la main de Laurent en se disant qu'elle aurait aimé que son amie soit aussi heureuse qu'elle. Puis elle pensa à Montréal, à l'hiver, à son nouveau travail. Elle trembla, elle avait froid, et Laurent l'enlaça.

— Est-ce que cette place est prise? demanda-t-il.

Geneviève leva la tête.

— Mark?

— Pourquoi irais-je à Los Angeles? dit-il en souriant. Je t'aime, Geneviève. Et je vais où tu vas.

Une voix impersonnelle annonça:

— Veuillez éteindre vos cigarettes et attacher vos ceintures.

Nº 1 — *French Kiss*

Studieuse, Julie a toujours été une fille «raisonnable». Les garçons, elle les laisse à Christine et à Alexandra.

Quand Jean-Luc, le nouveau professeur de français, arrive au collège, il devient la coqueluche de toutes les filles. À priori, il n'est pas tellement du genre à intéresser Julie. Mais elle ne peut finalement pas s'empêcher d'en tomber amoureuse…

Bientôt, Julie et Jean-Luc se trouveront impliqués dans une histoire qu'ils n'auraient osé imaginer. Leur amour pourra-t-il survivre aux nombreux obstacles qui se dresseront sur leur chemin? Ou est-il voué à l'échec? L'amour peut être à la fois si simple et si compliqué…

Nº 2 — *Pleins feux sur l'amour*

Stéphanie a peine à croire sa chance quand elle est appelée à remplacer la divine Catherine dans une nouvelle comédie musicale. D'autant plus que le premier rôle masculin est tenu par un jeune et séduisant acteur australien.

Mais Stéphanie finira par se rendre compte que l'acteur ne fait que jouer avec ses sentiments. Et aussi, que c'est de son meilleur ami, Sébastien, dont elle est réellement amoureuse.

Mais que ressent Sébastien pour elle? En est-il amoureux? Ou est-il satisfait de leur relation amicale? Stéphanie doit gagner son cœur à tout prix. Autrement, l'amour attendra éternellement en coulisses…

N° 3 — Embrasse-moi, idiot!

Joëlle est timide, sérieuse et ambitieuse. Tout comme ses amies Béa et Marjorie, elle est convaincue que les garçons ne sont qu'une perte de temps. Elles concluent donc un pacte: elles seront éternellement jeunes, libres et célibataires.

Mais Joëlle rencontre Guillaume, son premier amour, alors que Marjorie s'éprend de Jazz et le fréquente en secret. Leur pacte semble tout à coup ridicule — comment résister à de tels sentiments, à de telles sensations?

Guillaume est-il réellement celui qu'il faut à Joëlle? Et comment se fait-il que Béa passe autant de temps avec le copain de Marjorie? Les trois amies auraient-elles dû s'en tenir à leur première idée?

N° 4 — À toi, désespérément

Pour Caroline, cette rencontre constitue un rêve devenu réalité. Lui, si beau, si séduisant et si mature… comment peut-il s'intéresser à elle?

Mais Caroline a un problème: elle perd tous ses moyens quand elle est en compagnie de Stéphane. Elle a l'impression de faire des gaffes et d'être irrécupérablement gauche.

Il passe son temps à lui dire qu'elle a besoin qu'on s'occupe d'elle et il critique sa façon de chanter… En un mot, il la dénigre continuellement, tout en lui disant qu'il l'aime.

Caroline est désespérément amoureuse de Stéphane. Mais la laissera-t-il un jour être elle-même?

Nº 5 — *Nuit blanches*

Certains diraient qu'il ne manque qu'une chose dans la vie d'Annie: un *chum*. Mais Annie est tellement absorbée par ses cours de ballet qu'elle n'a pas le temps de tomber en amour.

Du moins, c'est ce qu'elle pense jusqu'à ce que Alexei entre en scène. Elle se sent alors irrésistiblement attirée par le jeune danseur russe. Et il semble que cela soit réciproque.

Mais quelque chose — ou quelqu'un — empêche Alexei de se rapprocher d'Annie. Parviendront-ils à vivre leur amour?

Nº 6 — *Double Vie*

Valérie sait qu'elle est chanceuse. Son *chum*, Jonathan, a tout pour lui plaire: il est beau, attentionné et sensible. Et même après deux ans de fréquentation, ils s'aiment comme au premier jour.

Mais Valérie rencontre Frédéric. Il a tant de charme, qu'il est difficile de lui résister, même si elle est encore amoureuse de Jonathan. Une seule sortie avec Frédéric ne peut pas nuire à sa relation… surtout si personne le sait…

Il faut bien peu de temps pour que Valérie ait un énorme problème sur les bras. Ses sentiments pour Frédéric deviennent si profonds qu'elle recherche constamment sa compagnie. Mais, si elle quitte Jonathan, elle a l'impression qu'elle perdra une partie d'elle-même.

Qui Valérie choisira-t-elle? Jonathan? Frédéric? Jonathan *et* Frédéric?

N° 7 — *Frissons sur glace*

Julien semble être beaucoup trop occupé pour prendre soin de Karine. Aussi accepte-t-elle de suivre des cours de patinage artistique pour passer le temps.

Il y a beaucoup d'action sur la glace… et bientôt dans la vie de Karine, qui se rend compte qu'il n'y a pas que Julien dans le monde. Que dire de son entraîneur qui, d'après elle, est le plus bel homme que la terre ait jamais porté? Et comment expliquer que son ami d'enfance habite toutes ses pensées tout à coup?

Est-ce à dire qu'il ne fait pas aussi froid qu'on pourrait le croire, sur la patinoire?

N° 8 — *Un Amour secret*

Étienne a toujours été maladroit avec les filles. D'ailleurs, la mécanique et les motocyclettes l'intéressent beaucoup plus qu'elles.

Pourtant, dès qu'il aperçoit Isabelle, il en tombe amoureux fou. Mais Étienne, prisonnier de son passé et de ses secrets, ne peut lui avouer les sentiments qu'il éprouve pour elle.

Sans compter qu'Isabelle a déjà un amoureux. Et contrairement à Étienne, Carl est très riche.

Étienne réussira-t-il à se faire aimer d'Isabelle? Et elle, saura-t-elle faire la différence entre l'amour sincère de l'un et la vie facile que lui offre l'autre?

Trop jeune pour elle?

Alison Creaghan

Pour un mariage la journée n'avait pas trop mal commencé. La cérémonie avait duré moins d'une heure, mais maintenant on pouvait s'attendre à ce que l'inévitable séance de photos s'éternise. Le soleil réussissait quelques percées à travers les nuages pendant que Christine et Benoît obéissaient aux moindres ordres que leur lançait le photographe. Une pose comme ceci, une comme cela et puis encore une comme ça... Amélie se disait que toute cette histoire devenait agaçante et que de toute façon les portraits de mariage manquaient toujours de naturel. Mais, comme les nouveaux mariés avaient l'air heureux, le reste avait bien peu d'importance.

— Oh, le beau petit couple! dit une voix derrière elle.

— Très romantique, ajouta Amélie sur un ton sarcastique malgré sa sincérité.

Quand Kevin Paquette était dans les parages, Amélie disait souvent le contraire de ce qu'elle pensait. Kevin, de deux ans son cadet, était blond aux yeux bleus. Amélie, elle, avait presque dix-sept ans.

— En fait, je ne comprends pas pourquoi ils se marient, continua Kevin, le sourire aux lèvres. Après tout, ça fait deux ans qu'ils habitent ensemble.

— Tu comprendras quand tu seras plus vieux.

Elle eut le réflexe de lui tapoter la tête, comme elle le faisait depuis toujours. Mais elle retint son geste. Kevin était aussi grand qu'elle et ce, malgré ses talons hauts. Sans chaussures, Amélie mesurait 1m64. Elle n'avait pas grandi d'un centimètre depuis un an et demi. C'est évident que Kevin sera plus grand que moi un jour, se consola-t-elle.

— J'espère que ça achève, lui dit Kevin. Je meurs de faim.

Au même moment, le photographe pria les invités de la mariée de venir la rejoindre. Kevin, les yeux pétillants, alla se planter là où on le lui demanda. Amélie ne ferait pas partie de cette photo.

Chelsea est un petit village en banlieue de Hull où presque tout le monde se connaît, mais où les gens se voisinent peu. Les parents d'Amélie étaient plus proches des parents du marié que de ceux de la mariée. Elle regardait les amis de Christine s'activer autour d'elle quand Steve Tremblay, un ancien camarade d'école, arriva.

— Tu es ravissante aujourd'hui, Amélie.

— Merci.

Amélie ne lui retourna pas le compliment. Elle n'aimait pas Steve qui lui pourtant s'aimait avec passion. Steve était un grand efflanqué aux cheveux gras qui étudiait les sciences pures.

— J'ai bien hâte de te faire danser ce soir.

Amélie lui décocha un sourire qu'elle espéra assez glacial pour qu'il comprenne qu'il rêvait. Pourquoi certains garçons — dès qu'ils entraient au cégep — étaient-ils convaincus qu'ils accordaient une faveur aux filles à qui ils parlaient?

— Il faudra d'abord que tu obtiennes la permission de mon *chum*.

Mais avant qu'il ne puisse ajouter quelque chose, le photographe appela auprès de lui les invités du marié. Steve la prit par le bras. Amélie dut donc se résoudre à poser à côté de lui, un sourire forcé sur les lèvres. Elle espéra que ses parents ne voudraient pas conserver une copie de cette photo.

La séance se termina finalement. Christine lança son bouquet qu'une jolie blonde élancée attrapa. C'était Hélène, la sœur de la mariée.

— Ne lancez pas de confettis sur la pelouse! implora le vicaire. Les oiseaux n'en mangent pas, malgré ce que peut en dire l'emballage.

Mais personne ne l'écouta. Les flashs des caméras crépitèrent pendant que des milliers de petites rondelles de papier virevoltaient dans les airs. Quelques instants plus tard, Christine et Benoît avaient disparu. Amélie se retrouva entre Kevin et Hélène, qui admirait son bouquet.

— Qui est l'heureux élu? la taquina Kevin.

Hélène rougit, ne sachant pas quoi répondre. Amélie vint à sa rescousse pendant que les invités se dispersaient.

— Ignore-le. Il a l'esprit tordu.

— Je sais, lui répondit Hélène. Je l'ai déjà eu dans ma classe.

— C'est de moi que vous parlez? demanda Kevin sur un ton plaintif.

Les deux filles se mirent à rire et le visage d'Hélène retrouva son teint normal. Ses parents l'interpellèrent.

— Viens, Hélène, il faut que nous arrivions à la salle avant les invités.

La réception avait lieu dans un immense hôtel de Hull. Le repas était plutôt fade, mais, au moins, le vin était fourni. On avait rassemblé tous les adolescents à la même table. Demoiselle d'honneur, Hélène était assise à la table des mariés, mais elle paraissait s'y ennuyer. Elle n'avait que la petite sœur de Benoît, âgée de sept ans, à qui parler. Hélène regardait la table d'Amélie à tous moments, comme si elle avait été prête à tuer pour s'y retrouver.

— Et toi, Amélie, est-ce que tu vas te marier à l'église? demanda Steve sur un ton obséquieux.

— Non, intervint Kevin avant même qu'Amélie ne trouve une façon de clouer le bec à Steve. Amélie se mariera dans un grand magasin. Comme ça les invités n'oublieront pas les cadeaux de noces.

Steve fronça les sourcils d'un air menaçant, comme s'il avait eu envie de frapper Kevin. Amélie éclata d'un rire nerveux. Elle ne savait pas si elle riait à cause de la blague de Kevin, ou si le vin commençait à produire son effet. Mais la blague eut le résultat escompté, Steve ne lui adressa plus la parole de la soirée.

Grâce au ciel, les discours furent brefs et les tintements des cuillères sur les verres à peu près absents. Après le café, on demanda aux invités de sortir pour permettre aux employés de débarrasser les tables et de réaménager la salle. Amélie en profita pour se faufiler jusqu'aux toilettes dans le but d'y rafraîchir son maquillage. Hélène s'y trouvait déjà et changeait de vêtements.

— Ouf! Il était temps, je n'en pouvais plus, dit-elle d'un air résolument soulagé. Cette robe me donnait l'air d'avoir au moins *trente ans*!

— Elle t'allait plutôt bien, dit Amélie d'un ton nonchalant.

— Tu aurais été beaucoup plus belle que moi dans cette robe. Mais c'est vrai que même un sac à ordures t'irait bien. Moi, j'avais l'air d'un insecte en robe de maternité.

Amélie éclata de rire. Puis elle se regarda dans le miroir. Son physique faisait jaser. On disait qu'elle pourrait entreprendre une carrière de mannequin. Oui, à n'en pas douter, elle avait toutes les qualités nécessaires pour faire carrière dans la mode. Mais quelques petites imperfections l'agaçaient. D'abord, elle n'était pas tout à fait assez grande. Sa chevelure était noire, longue et abondante en plus d'être docile, mais elle n'était pas aussi noire que du jai, à moins de la teindre. Ses yeux étaient d'un vert profond, par contre ses sourcils, légèrement trop fournis. Aussi devait-elle les épiler avec soin. Ses dents étaient parfaitement blanches et régulières — après tout, elle avait porté des broches pendant deux ans.

— Et puis? De quoi ai-je l'air?

Hélène était maintenant vêtue d'un pantalon noir et d'un chemisier en satin blanc qui lui allaient à ravir.

— Tu es superbe, lui répondit Amélie sincèrement. Je suis certaine qu'il tombera à tes pieds. Qui qu'il soit.

Hélène osa un sourire timide.

— Je suis certaine qu'il ne m'a même pas remarquée.

— Qui?

— Kevin.

— Kevin *Paquette*?

— Qui d'autre?

Ainsi donc, le petit Kevin était parvenu à l'âge d'avoir une blonde… Amélie l'avait toujours considéré comme son petit frère, ce qui n'était pas si loin de la réalité. Tout comme elle, il était enfant unique. Voisins presque immédiats, ils avaient joué ensemble durant des années. «Jouer» n'était pas le terme tout à fait exact pour décrire leur relation, car Kevin avait surtout obéi aux ordres qu'Amélie lui avait lancés selon ses humeurs.

— Je ne suis pas certaine que Kevin soit assez vieux pour avoir une blonde, dit Amélie sur un ton qui se voulait plein de tact. Il peut se montrer assez immature parfois.

— *Tous* les gars sont immatures, répliqua Hélène. Moi, je crois qu'il est génial.

Une dame, à la stature imposante, âgée d'une cinquantaine d'années entra. Elle déposa un sac à cosmétiques gigantesque sur le comptoir. Elle représenta l'alibi parfait pour permettre de couper court à la conversation. Amélie rectifia une dernière fois son maquillage. Quand Hélène et elle entrèrent dans la salle de réception, Amélie lui souhaita bonne chance et s'en alla de son côté.

Amélie se dirigea vers le bar. Elle essaya d'imaginer Kevin et Hélène ensemble. Si Amélie avait été plus proche d'Hélène, elle aurait pu la conseiller sur la façon d'attirer l'attention de Kevin. Elle aurait même pu lui offrir de jeter Kevin dans ses bras. Mais elle n'en avait rien fait. Pourquoi? Amélie et Hélène se connaissaient à peine, certes, mais là n'était pas la raison. En fait, Amélie connaissait trop bien Kevin. Et le jour n'était pas encore arrivé où elle présenterait une fille à son «petit frère».

La première consommation était gratuite. Amélie commanda un Seven-Up, puis regarda autour d'elle. Plusieurs personnes avaient été invitées pour la soirée seulement, et, comme il n'était que sept heures, il n'y avait donc dans la salle que les mêmes visages familiers. La musique jouait à tue-tête. Amélie décida d'aller se mêler aux invités. Les tables avaient été pliées et empilées dans un coin de la salle et on voyait maintenant le plancher de danse. Par petits groupes, les gens étaient éparpillés çà et là dans la salle mal éclairée. Quatre enfants occupaient le milieu de la piste et improvisaient la danse des canards. Amélie remarqua dans le fond de la salle une silhouette qui agitait la main. Amélie s'avança dans sa direction.

— Bienvenue au club le plus *in* en ville, lui dit Kevin en lui faisant un clin d'œil.

Il enleva sa veste, dénoua sa cravate et détacha le premier bouton de sa chemise.

— Veux-tu danser?

Amélie lança un coup d'œil sur la piste puis sur Kevin, et elle comprit que son invitation n'était pas sérieuse. Ils bavardaient en riant quand elle vit Hélène apparaître au même endroit où elle-même s'était trouvée quelques instants plus tôt. Amélie lui fit signe d'approcher.

— Tu devrais inviter Hélène à danser, dit Amélie à Kevin. Je suis certaine qu'elle accepterait.

Voilà! pensa Amélie, j'ai fait mon effort de guerre! Kevin ne répondit pas et c'est à peine s'il salua Hélène lorsqu'elle s'assit avec eux. Il se mit à faire le clown.

— Est-ce qu'il est comme ça à l'école? demanda Amélie à Hélène.

Même si Amélie fréquentait la même école que Kevin, elle ne le voyait que très rarement, sauf dans l'autobus.

— Ça dépend de son auditoire, répondit Hélène.

Kevin cessa ses pitreries sur-le-champ et un éclair mauvais traversa ses yeux. Amélie se demanda si elles l'avaient offensé sans le vouloir. Mais au même moment, elle sentit des lèvres effleurer ses épaules nues. Elles appartenaient à Éric Lachapelle, son petit ami. Amélie se retourna et l'embrassa sur les lèvres. Puis il enleva son blouson de cuir, le suspendit sur le dossier de la chaise voisine d'Amélie et déposa son casque de moto sur la table. Finalement, il s'assit.

— Tu connais Kevin, dit Amélie sur un ton cérémonieux.

— Je l'ai déjà vu.

Éric fit un signe de tête à Kevin qui lui rendit la politesse.

— Et je te présente Hélène.

— Salut!

À l'expression de son visage, il comprit qu'Hélène s'attendait à plus qu'une simple salutation.

— Heureux de te rencontrer, ajouta-t-il à contrecœur.

Pour meubler le silence, Amélie se lança dans un long monologue au sujet du mariage. Et quel compte rendu! À l'entendre, on aurait pu penser qu'elle décrivait le mariage de Céline Dion! Puis elle demanda à Éric comment s'était passée sa journée, il lui raconta qu'il était allé se balader avec des amis.

— Ils voulaient que je passe la soirée avec eux et que nous fassions la tournée des grands ducs, mais je leur ai dit que je t'avais promis…

— Je suis contente que tu sois venu.

Amélie passa un bras autour des épaules d'Éric et posa ses lèvres sur les siennes pendant ce qui lui sembla durer une éternité. Il y aurait bientôt trois mois qu'elle fréquentait Éric et cela constituait tout un record de longévité en soi. Toutes ses amies l'enviaient. Elles rêvaient toutes d'un beau cégépien au corps athlétique. Éric avait des yeux couleur noisette et une chevelure abondante. Amélie était la première fille qu'il fréquentait de façon assidue. Et elle avait bien l'intention de s'accrocher à lui.

Quand elle se détacha d'Éric, Amélie remarqua que cette démonstration d'affection avait embarrassé Hélène et Kevin.

— Désolée, dit Amélie. Vous savez comment c'est. Nous nous sommes tellement ennuyés!

— Ah, arrête de faire ta fraîche, Amélie, siffla Kevin.

Amélie se mordit la langue, elle était vexée. Cela faisait des lunes que Kevin ne lui avait parlé sur ce ton. La dernière fois, il avait dix ans. Il lui avait fait une crise de jalousie parce qu'elle ne s'occupait plus de lui depuis qu'elle étudiait au secondaire. L'atmosphère resta tendue. Éric était d'un naturel peu bavard et ce soir il était particulièrement réservé. Hélène essaya de faire parler Kevin de l'école, mais il continua d'être de mauvais poil. Amélie prit donc sur elle d'alimenter la conversation, toutefois elle fut rapidement à court de sujets. Elle espérait intérieurement que d'autres invités se joignent à eux.

La musique changea subitement de rythme. Le *DJ* demanda aux nouveaux mariés d'ouvrir le bal. Ils avaient choisi de danser au son d'une chanson de Whitney Houston qu'Amélie détestait. Puis le *DJ* enchaîna avec une vieille chanson des Jackson Five.

— Allez, tout le monde, venez!

Amélie sourit à Kevin et à Hélène, puis entraîna Éric qui la suivit à regret. Kevin et Hélène, remarqua Amélie une fois blottie contre Éric, étaient toujours assis, les bras croisés. Kevin n'avait visiblement pas compris le message. Qu'aurait-elle pu faire de plus? La chanson touchant à sa fin, Éric l'embrassa avec passion. La boule de cristal suspendue au-dessus de la piste tournoya et les éclaira de ses rayons. La soirée connaissait un nouveau départ. Éric lui murmura des mots à l'oreille. Il lui arrivait parfois d'être très romantique, le plus souvent au moment où Amélie s'y attendait le moins.

— J'ai quelque chose à te proposer, lui dit-il doucement. Sortons d'ici avant que je n'y meure d'ennui.